Umschlagentwurf und grafische Gestaltung Bergith Lassen
www.bergithlassen.de

Herstellung und Verlag:
BoD Book on Demand Norderstedt
ISBN: 9 783751 978460

DITHMARSCHER
ANNONCEN
1832 - 1873

Inge Harländer

Sie finden:

Einige Worte vorab

Wir alle haben uns schon Kleinanzeigen angesehen.
Vielleicht, weil wir etwas suchten oder anzubieten hatten.
Unsere Möglichkeiten dafür sind vielfältig, denn uns stehen
Zeitungen, das Internet oder andere Medien zur Verfügung.
Das war vor nahezu 180 Jahren anders. Die Auswahl
für Informationen war verschwindend gering. Wer es sich leisten
konnte, las in Dithmarschen wohl den „Hamburger Mercur",
die "Itzehoer Zeitung" oder den „Dithmarscher und
Eidersteter Boten".
Speziell für Dithmarschen brachte der Heider Buchhändler
Friedrich Pauly am Samstag, den 28. April 1832,
eine „Dithmarscher Zeitung" heraus, die bis Dezember
1873 erschien.

Sein Anliegen war es, über die Dithmarscher Verhältnisse
zu berichten. Seien es wirtschaftliche, politische oder
kirchliche Belange.
Bis 1848 wurde seine Zeitung in Friedrichstadt hergestellt.
Im Januar 1849 entstand bei Pauly die erste Buchdruckerei
in Heide, so dass die Zeitung fortan dort gedruckt werden konnte.
Er nannte sie in „Dithmarscher Blätter" um.
Sie erschien bis zur letzten Ausgabe jeweils Samstags, hatte
die Größe von 22 cm Höhe und 19 cm Breite. Sie umfasste
7 Seiten, wobei auf der letzten Seite auch ab und an Annoncen
platziert wurden.
Vierteljährlich kostete die Zeitung 16ß (Schilling). Privatanzeigen
von einer bis acht Zeilen kosteten 1ß
(1 Schilling entsprach 7,5 Pfennige, 16 Schilling entsprachen ungefähr 1 Mark. 1 Taler zählte 3,60 Mark.).

Der Durchschnittslohn betrug damals 30 bis 40 Mark im Monat. Ein Rechenbuch für Kinder kostete 12 Schillinge, Einlass zu einer Zirkusveranstaltung machte 6 Schillinge und ein Schwein war für 14 Mark zu haben.

Bei vielen Annoncen werden Sie lesen, dass man sich „ gefälligst an die Expedition" der Zeitung wenden solle.

Das Wort „gefälligst" hatte im 19. Jahrhundert eine andere Bedeutung als heute. Es war mehr als höfliche Bitte zu verstehen.

Unter Expedition verstand man damals das Geschäftszimmer bzw. die Versandabteilung.

Weshalb F. Pauly die Herausgabe einstellte, lesen Sie auf der letzten Seite der Annoncen.

► Dieses Foto ist, mit freundlicher Genehmigung von
Herrn Dr. Volker Arnold, seinem Buch „Fotochronik Heide"
entnommen. Es zeigt Friedrich Pauly mit seinen Söhnen
vor seiner Buchhandlung an der Nordseite des Heider Marktes.
Die Aufnahme entstand in den 1870er Jahren.

Die obere Etage in meinem zu Norden am Markt belegenen Wohnhause, bestehend aus drei Zimmern, geräumigter Küche und Kammer nebst Platz zur Feuerung, steht sogleich oder zum May zu vermiethen.

Heide im März 1834.

C. Kruse.

In dem Tiede'schen Hause an der Unterstraße ist bis nächsten Mai, oder monatsweise, eine Stube mit Küche zu vermiethen. Man wende sich deshalb an den Unterzeichneten.

Heide, den 22. Novbr. 1849.

F. Pauly.

WOHNEN
• • • • • • • • • • •

Ein großer Anteil der Annoncen bezieht sich erstaunlich
detailliert auf Wohnen in unterschiedlicher Form. Sei es
zur Miete, Hausverkauf oder Versteigerungen.
So erhalten wir einen interessanten Einblick über die Beschaffen-
heit und Größe der Angebote.
Einzig über die Preise erfahren wir nichts.

Da uns die angegebenen Flächenmaße heute nicht mehr geläufig
sind, habe ich sie für Sie umgerechnet.
Mich erstaunte bei der Recherche dazu, dass das Scheffel schein-
bar nur in Dithmarschen ein Flächenmaß war.
In anderen Landesteilen galt es als Hohlmaß.

Fuß	ca. 28cm
Ruthe	ca. 4,4 m
Scheffel	50 Quadratruthen
Demat	ca. 5.650qm
Morgen	ca. 5.779qm
Hufe	ca. 173.389qm

Pachtgesuch.

Eine Milcherei von 20 oder mehreren Kühen wird in Dithmarschen oder der Umgegend, zu Mai in Pacht gesucht. Die Expedition d. Z. in Heide ertheilt Nachweisung.

Am 7ten Juni d. J. und folgenden Tagen sollen die zur Concursmasse des Kaufmanns Mumme Jens Hansen und dessen Ehefrau in Heide gehörenden Mobilien, als: Betten, Tische, Stühle, Schränke, sonstiges Haus- und Küchengeräth, 10 silberne Löffel, verschiedene Gewürz- Farbe- und Ellenwaaren und mehrere andere Sachen und Waaren öffentlich gerichtlich verkauft werden.

Kaufliebhaber werden hiemit eingeladen, sich an gedachten Tagen Vormittags 9 Uhr in dem Hansen schen Hause an der Oesterstraße hieselbst einzufinden.

Heider Kirchspielvogtei den 12. Mai 1832.

Dührsen.

Am Dienstag den 26. d. M. wird eine vollständige Roßmühle in öffentlicher Auction unter den im Termin zu verlesenden Bedingungen an den Meistbietenden verkauft werden. Kaufliebhaber, welche die Mühle vor dem Termin im Hause der verwitweten Frau Vollmachtin S c h u m a c h e r in Büsum in Augenschein nehmen können, wollen sich daher am gedachten Tage, Vormittags 10 Uhr, im Hause des C l a u s F r i e d r i c h S c h l a d e t s c h in Büsum einfinden.

Königl. Kirchspielvogtei zu Büsum, den 9. Juni 1832.

P. J. F. B o y s e n.

Die obere Etage in meinem zu Norden am Markt belegenen Wohnhause, bestehend aus drei Zimmern, geräumigter Küche und Kammer nebst Platz zur Feuerung, steht sogleich oder zum May zu vermiethen.

Heide im März 1834. C. Kruse.

Die verwittwete Madame Hansen, in Meldorf, ist gewilligt, ihr am Südermarkt daselbst belegenes Wohnhaus mit Stall und Garten, unter Bedingungen, welche bey dem Unterzeichneten eingesehen werden können, an den Meistbietenden zu verkaufen.

Kaufliebhaber wollen sich am Dingstage, den 10. Febr. d. J., Vormittags 10 Uhr, bey dem Herrn Weinhändler Carstens in Meldorf einfinden.

Meldorf, den 4. Januar 1835.

Braasch.

Am Mittewochen, den 15ten July, Vormittags 10 Uhr, soll das Wohnhaus des insolventen Kaufmanns Joh. Ludw. Gotth. Hubrich, in Marne, bey der verwittweten Madam Möller allhie, woselbst die Bedingungen 14 Tage vor dem Termin ausgelegt seyn werden, gerichtlich verkauft werden.

Marne, den 22sten Mai 1835.

Maassen.

Am Montage, den 22sten Juni d. J., Vormittags 10 Uhr, soll bei dem hiesigen Gastwirthe Peter Hinrich Peters das zur Concursmasse des Boniscedenten Claus Braak vom Averlak gehörige Gewese, nämlich ein Wohnhaus nebst Scheune, sowie 7 Morgen 3 Scheffl. schatzpflichtiger und 2 Morgen 4 Scheffl. Wiesen-Ländereien, öffentlich an den Meistbietenden verkauft werden.

Nähere Nachweisungen ertheilt der Güterpfleger Hinrich Dohrn aufm Averlak, auch sind die Bedingungen 14 Tage vor dem Termine bei gedachtem P. H. Peters einzusehen.

Königliche Kirchspielvogtei zu Eddelak, den 8ten May 1835.

Dührssen.

Mein, an der Ecke der Süder- und Peststraße belegenes, zu jedem Geschäfte geeignetes Haus, bin ich gewilligt unter der Hand zu verkaufen oder auf mehrere Jahre zu vermiethen. Das Haus enthält 7 Stuben, worunter 4 heizbare, 2 Küchen, einen Keller und einen bedeutenden Bodenraum. Bei dem Hause befindet sich eine große Hofstelle und ein Garten. Kaufliebhaber oder solche, die das Haus zu miethen wünschen, können das Nähere bei Unterzeichnetem erfahren.

Heide, den 16ten December 1835.

Berger.

Eine zum hiesigen Pastorate gehörige Scheune, 62 Fuß lang und 21 Fuß breit, soll am 13ten Januar k. J. des Vormittags 10 Uhr im Hause des Gastwirths M. Schnoor hieselbst, zum Abbruch öffentlich an den Meistbietenden, unter Vorbehalt der Approbation des Kirchenvisitatoriums, unter den in termino zu verlesenden Bedingungen verkauft werden.

Burg, den 3ten December 1835.

Das Kirchencollegium.

Ein sehr guter Laden, worin eine nicht unbedeuten-
de Gewürz- und Manufactur-Waaren-Handlung betrieben wurde, steht mit allem Beigehör als: Waag-
schalen, Gewichte, Theedosen u. s. w., zum kommen-
den May zu empfangen, für einen billigen Preis bei
dem Unterzeichneten zum Verkauf.

Wesselburen im Februar 1836.

Claus Johannssen.

Meine im vorigen Jahre neu erbaute Schmiede bin
ich gewilligt mit resp. 3 oder 8½ Morgen Land unter
annehmlichen Bedingungen zu verkaufen, oder die
Schmiede für sich zu verhäuren. Auch bin ich nicht
abgeneigt, das ganz vollständige Grobschmiede-Inven-
tar zu verkaufen. Liebhaber zu dem einen oder dem
andern werden eingeladen, sich baldigst bei mir einzufinden. Carolinenkoog, den 13ten März 1836.

B. D. Bartels.

Am 2ten Januar 1837 und folgenden Tagen, Vormittags 9 Uhr und Nachmittags 2 Uhr, sollen in Folge Commissorii des Königlichen Obergerichts in Glückstadt, die zur Masse des Herrn Justizraths Dethlefs, vormals in Heide, gehörigen Mobilien und Effecten, namentlich 1 Kunstdrechselbank zur Oval- und Passivdrechselei mit dem dazu gehörigen Apparat, 1 Tafeluhr, 1 Taschenuhr und 1 Nachtuhr, 2 Schwarzwalderuhren, 1 Sex- oder Octant, 3 Sophas, 2 Sophatische, sonstige Spiel- und Klapptische, mehrere Astral- und Studirlampen, Commoden, Spiegel, Stühle, Eck- und Kleiderschränke, Betten und Bettstellen, Leinenzeug, Silber, Kupfer, Zinn und Messing, lackirte und plattirte Sachen, Steinzeug, Fayance, Porcellain, Chrystall, Glaswaaren, diverse Gewächse in Töpfen und sonst verschiedenes Haus- und Küchengeräth, sowie mehrere wissenschaftliche Bücher, bestehend aus 143 Bänden, unter den in termino des Verkaufs bekannt zu machenden Bedingungen, in Heide im Hause des Herrn Justizraths Dethlefs, öffentlich meistbietend verkauft werden, welches hiemittelst bekannt gemacht wird, damit Liebhaber dazu am gedachten Orte zur festgesetzten Zeit sich einfinden können.

Heide, den 17ten December 1836.

P. C. Reimers in Auftrag.

Diese Annonce erschütterte seinerzeit nicht nur
die Dithmarscher Bevölkerung. Das angebotene
Haus samt Inventar gehörte dem Vater der in Heide
geborenen Dichterin Sophie Dethleffs.
Ihre plattdeutschen Gedichte machten Furore weit
über Dithmarschens Grenzen hinaus.
Sie erschienen Jahre bevor Klaus Groth an die
Öffentlichkeit trat.
In dem Roman „Spuren der Dichterin Sophie",
den ich vor einigen Jahren veröffentlichte, können
Sie die Lebensgeschichte der Dichterin und das
Drama um ihren Vater nachlesen.

Da die Königl. Rentekammer auch den am 6. Oct. d. J. stattgehabten 2ten Verkauf über 12⅞ Morgen im Kirchspiel Lunden belegenen, der Königl. Kasse gehörenden Marschlandes nicht genehmigt, und den nochmaligen Verkauf dieser Ländereien verfügt hat, so wird der Termin dieses Verkaufs am Donnerstage, den 12. Januar k. J., Vormittags 11 Uhr, im Hause des Gastwirths S o h r b e ck in Lunden unter den früheren Bedingungen, die bei der unterzeichneten Behörde einzusehen sind, abgehalten werden.

Königliche Landschreiberei zu Heide, den 17. December 1836.

Paulsen, const.

Am einstehenden Dienstage über 14 Tage, als den 10ten July d. J., Vormittags 10 Uhr, soll das, den Erben des verstorbenen D i e d r i ch B u s ch R e i m e r s in Heide zuständige, in einem Wohnhause, Stall und 3 Südereggensloosen bestehende Gewese, worin seit vielen Jahren die Krugwirthschaft und Bäckerey betrieben ist, in dem Hause der Wittwe des wailand Brantweinbrenners C a r st e n R e i m e r s am Markte hieselbst, öffentlich unter den in termino des Verkaufs zu verlesenden Bedingungen, meistbietend verkauft werden, als wozu ich die Kaufliebhaber hiemittelst einlade. Heide, den 22. Juny 1838.

R e i m e r s.

Verkaufsanzeige.

Am Montage, den 24. Septbr. 1838, soll das der Erbmasse der verstorbenen Frau Conferenzräthin Johannsen angehörige, im hiesigen Flecken zu Norden am Markte belegene Wohnhaus nebst Stall, Hofsplatz und Garten meistbietend verkauft werden; Kaufliebhaber wollen am gedachten Tage, Vormittags 10 Uhr, im landschaftlichen Hause hieselbst sich einfinden. Die Bedingungen sind 8 Tage vor dem Termin hieselbst einzusehen.

Heide, den 5ten September 1838.

F. C. Griebel, mand. noie. der Erben.

In meinem, in der Süderstraße hieselbst belegenen Wohnhause Ltr. A. ist zu Osterfahrzeit d. J. in der 2ten Etage die jetzt von der Madame Kolster bewohnte Wohnstube mit Schlafstube, Küche und Vorplatz, so wie Bodenraum zur Feurung und Platz im Keller, in Miethe zu haben.

· Meldorf, den 30sten Januar 1838.

J. C. F. B. Albers.

Bekanntmachung.

Im Hause des verstorbenen Dr. Dührssen in Meldorf sollen am Montage den 18. Februar, Vormittags 10 Uhr, 5 Pferde und 2 Milchkühe, welche zum Nachlaß des Verstorbenen gehören, an den Meistbietenden gerichtlich verkauft werden, wozu Kaufliebhaber hiedurch eingeladen werden.

Nordermeldorfer Kirchspielvogtei zu Meldorf, den 30. Januar 1839.

Hansen.

Am Dienstage den 18. Juni d. J. sollen die zum Nachlaß der verstorbenen Frau Pastorin Kruse, weil. in Heide gehörigen Effecten, als: Betten, Stühle, Tische, Schränke, sonstiges Haus- und Küchengeräth, Leinenzeug, verschiedene goldene und silberne Sachen und andere Gegenstände unter den in termino zu verlesenden Bedingungen öffentlich gerichtlich verkauft werden.

Kaufliebhaber werden hiedurch eingeladen, sich am gedachten Tage, Morgens 10 Uhr, in dem Hause der Frau Pastorin Kruse an der Norderstraße hieselbst einzufinden.

Königl. Kirchspielvogtei zu Heide, den 29. Mai 1839.

Dührsen.

Bekanntmachung.

Ich bin gewilliget mein zu Norden Heide belegenes Haus, Hofstelle und Stall, c. p. unter der Hand zu verkaufen. Das Haus hat eine sehr angenehme Lage und befindet sich im guten baulichen Stande, es sind vorne im Hause zwei geräumige Stuben mit Oefen versehen, bei der einen Stube eine kleine Schlafstube, hinter demselben eine geräumige Küche, hinter der zweiten Stube eine Schlafstube mit Ofen, zwischen diesen zwei Stuben eine circa 10 Fuß breite Diele, oben im Hause ein schöner Saal mit Ofen. Der 22 Fuß lange und 18 Fuß breite Stall ist vor zwei Jahren von Brandmauer neu erbaut. Hinter dem Hause ist ein mit Steinpflaster belegter Hofplatz, woselbst ein Schweinkofen befindlich, an beiden Seiten vom Hause ein schöner Garten, inzwischen mit Obstbäumen bepflanzt, woselbst sich auch ein Brunnen befindet.

Kaufliebhaber lade ich ein, sich gefälligst nächstens bei mir einzufinden, und den Handel zu versuchen. Noch ist zu bemerken, daß das Gewese zum Herbst d. J., oder auch zu Mai 1840 angetreten werden kann. Heide, den 8ten Juni 1839.

Johanna Braun,
früher verheirathete Schneider.

Am Mittewochen den 26. Januar 1842, Vormittags 11 Uhr, soll das Wesen des unlängst verstorbenen Peter Wümpelmann, in Dieckhusen, bestehend aus dem zn 1600 Rbt. catastrirten Wohnhause und circa 7 Morgen, theils mit Winterfrüchten angesäeten und theils in Stoppel, Fallje und Weide liegenden Landes, in dem Nissenschen Hause hieselbst gerichtlich verkauft werden. Die desfälligen Bedingungen können 14 Tage vor dem Termin in dem gedachten Locale eingesehen werden.

Königl. Kirchspielvogtei zu Marne, den 17. Decbr. 1841. Maaßen.

Am Mittewochen den 26sten Januar 1842, Morgens 10 Uhr, soll das zur Masse des unlängst verstorbenen Hans Hinrich Rudolph auf dem St. Michaelis Donn und dessen Wittwe Dorothea Sophia, verehelicht gewesene Kiesewetter, gehörige, im St. Michaelis Süder-Donn belegene Wohnhaus c. pert. in dem Nissenschen Hause hieselbst gerichtlich verkauft werden. Die Bedingungen können in dem genannten Locale 14 Tage vor dem Termin inspicirt werden.

Königl. Kirchspielvogtei zu Marne, den 17. Decbr. 1841. Maassen.

Marschhof-Verkauf.

Der Unterzeichnete ist gewillt, seinen in Reinsbüttel, Kirchspiels Wesselburen, belegenen Marschhof unter der Hand zu verkaufen. Zu demselben gehören circa 20 Morgen 12 Scheffel Land, wovon 2 Morgen 5 Scheffel mit Rappsaat, circa 4 Morgen mit Waizen und circa 2½ Morgen mit Rocken bestellt sind, der Rest aber in Grasung und Fallig liegt. Die Gebäude befinden sich in gutem baulichen Stande.

Kaufliebhaber ersuche ich, sich ehestens bei mir einfinden und das Gewese, zu dessen Nachweisung ich bereit bin, besehen zu wollen.

Reinsbüttel, den 21. Januar 1842.

Reimer Friedrich Reimers.

Am Donnerstage, dem 9. Juny d. J., Morgens 11 Uhr, soll im Hause des Gastwirths Loy hieselbst das dem Züchtling Jürgen Christoph Ludwig Ohloff gehörige, im hiesigen s. g. Sandberg belegene Wohnhaus cum pert. von Concursgerichtswegen an Meistbietende verkauft werden; als wozu die Liebhaber hiedurch eingeladen werden.

Königl. Kirchspielvogtei zu Lunden, den 28. April 1842.

Nissen.

Bekanntmachung.

Am Dienstage den 15ten November 1842 soll das, an der Klosterstraße in Meldorf stehende, Wohnhaus des Grobschmidts Hinrich Friedrich Bock öffentlich, unter gerichtlicher Direction, verkauft werden.

Kaufliebhaber wollen sich daher an bemeldetem Tage, Vormittags 10 Uhr, in dem Wohnhause des Kaufmannes Nicolaus Hansen in Meldorf, woselbst die Bedingungen 8 Tage vorher ausgelegt seyn werden, einfinden, und den Zuschlag — jedoch unter Vorbehalt gerichtlicher Approbation — meistbietend gewärtigen.

Meldorf, den 25. October 1842.

Hansen.

24

Am Dienstage, dem 15. März d. J., Morgens 11 Uhr, sollen auf dem Seebrandt Seebrandtschen Hofe zu Preil die der Frau Wittwe Schwer in Wollersumm gehörigen, in der Preiler Feldmark belegenen, 12 Morgen Marschlandes zum öffentlichen Verkauf an Meistbietende aufgestellt werden; als wozu die Liebhaber hiedurch eingeladen werden.

Königliche Kirchspielvogtei zu Lunden, den 18. Januar 1842.   Nissen.

Bekanntmachung.

Am Mittwochen den 28. Juni 1843, Vormittags 10 Uhr, soll das zur Concursmasse der Ehefrau des Glasers Zelk, in Meldorf, früher verheirathet gewesenen von der Heide, gehörende, an der hiesigen Westerstraße stehende, Wohnhaus nebst Garten und einem, in der sogenannten Dülfswisch belegenen, Kruge Wieselandes, groß 1 Morgen 3 Scheffel, entweder einzeln oder zusammen, öffentlich in dem Wohnhause des Weinhändlers Bartold Otte hieselbst unter den desfälligen, 14 Tage vorher daselbst einzusehenden, Bedingungen meistbietend gerichtlich verkauft werden.

Meldorf, den 6. Mai 1843.   Paulsen.

Mein in Büsum belegenes, massiv erbautes, seither von dem Tischlermeister Herrn Schröder bewohntes Wohnhaus steht von Maitag k. J. an unter der Hand zu vermiethen. Es enthält dasselbe zwei geräumige Wohnstuben vorne an der Straße, Küche, Speisekammer, reichlich Stallraum nebst einem geräumigen Boden für Feurung und Viehfutter. Bei dem Hause befindet sich ein ziemlich großer Garten, und ist sehr gutes Trinkwasser auf dem Hofe. Das Haus liegt mitten im Orte in der Nähe der Kirche, und hat eine für manchen Betrieb sehr vortheilhafte Lage.

Hierauf Reflectirende werden ersucht, sich ehestens an mich selber zu wenden.   Bruer,

Rechenmeister in Heide.

Das auf meiner Hofstelle belegene, von Brandmauer aufgeführte, mit Ziegeln gedeckte Stallgebäude von c. 130 Fuß Länge und 50 Fuß Breite beabsichtige ich am Sonnabend den 6. Jan. 1844, Vormittags 12 Uhr, im landschaftlichen Hause in Heide in öffentlicher Licitation zum Abbruch zu verkaufen. Es werden daher Kaufliebhaber, welche das Gebäude vorher zu jeder Zeit in Augenschein nehmen können, ersucht, sich zur angegebenen Zeit im landschaftlichen Hause einzufinden.

Heide, den 16. Decbr. 1843.   Boysen.

In dem Tiede'schen Hause an der Oesterstraße ist bis nächsten Mai, oder monatsweise, eine Stube mit Küche zu vermiethen. Man wende sich deßhalb an den Unterzeichneten.

Heide, den 22. Novbr. 1849.

F. Pauly.

Am nächsten Donnerstage über 8 Tage, als den 22. d. M., Nachmittags 2 Uhr, soll das von dem Eingesessenen Georg Diener in Weddingstedt zur Zeit benutzte Wohn= und Wirthschaftsgebäude desselben nebst Hofstelle und Garten, mit einer beigehörigen, größtentheils mit Roggen besäeten Geestlandskoppel von 12 Scheffeln 13 Ruthen und einer Weidekoppel von 20 Scheffeln 21 Ruthen, wegen anderweitigen Ankaufs, unter den im Termin zu verlesenden Bedingungen im Hause des Unterzeichneten öffentlich zum Verkauf aufgeboten werden; wozu ich Kauf= liebhaber hiemittelst einlade.

Weddingstedt, den 10. März 1849.

C. Hesch, im Auftrage.

Verkaufsanzeige.

Das der Erbmasse der kürzlich verstorbenen Frau Justizräthin Paulsen in Heide und ihres vor ihr verstorbenen Ehemannes, des vormaligen hiesigen Landschreibers, Justizrath J. Paulsen angehörige, zu Süden am Markt im Flecken Heide belegene Gewese, bestehend in einem geräumigen, mit 11 Zimmern versehenen, für jeden Betrieb anpassenden Wohnhause, Stalle und Waschhause, nebst Hofstelle und anliegendem Garten mit einem Gartenhause, zusammen versichert in der Brandkasse zu 3970 Rbt., wird am Donnerstage in der vollen Woche nach Ostern, als am 19. April d. J., mit Vorbehalt einer achttägigen Approbationsfrist, unter annehmlichen, hieselbst vor dem Termin einzusehenden Bedingungen meistbietend zum Verkauf gestellt werden.

Kaufliebhaber werden eingeladen, am gedachten 19. April Morgens 10 Uhr im landschaftlichen Hause zu Heide sich einzufinden.

Heide, den 24. März 1849.　　F. C. Griebel.

Verkauf einer Landstelle.

Am Donnerstage nach Pfingsten, als am 31. Mai d. J., sollen die zur Erbmasse der Wittwe Magdalena Elisabeth Zismer geb. Mohr, weil. in Tiebensee, gehörigen Immobilien, bestehend in einem mitten in der Dorfschaft Tiebensee belegenen räumlichen Wohnhause nebst Obst- und Küchengarten und in circa 14 Scheffeln nahe beim Hause in Gräsung liegenden sehr guten Marschlandes, unter den in termino zu verlesenden Bedingungen und unter Vorbehalt gerichtlicher Genehmigung, öffentlich an den Meistbietenden gerichtlich von mir verkauft werden.

Kaufliebhaber wollen sich am gedachten Tage Vormittags 10 Uhr im Hause des Gastwirths Johann Jacob Peters in Neuenkirchen einfinden.

Kirchspielvogtei zu Neuenkirchen, den 16. April 1849.

Brandt.

Auctionsanzeige.

Am Dienstag den 2. October d. J. sollen die zum Nachlaß der verstorbenen Wittwe des Advocaten Knölck, wail in Heide, gehörigen beweglichen Güter, bestehend in verschiedenem Haus= und Küchengeräth, mehreren goldenen und silbernen Gegenständen und anderen Sachen, in öffentlicher Auction gerichtlich verkauft werden.

Kaufliebhaber wollen sich am gedachten Tage Morgens 9 Uhr ia dem Hause der Wittwe des Johann Gilian am Schuhmacherort hieselbst einfinden.

Kirchspielvogtei zu Heide, den 13. September 1849.

Dührsen.

Bekanntmachung.

Am Montage den 28. Januar 1850 Vormittags 10 Uhr, sollen in dem Hause des Kirchenbaumeisters C. Dethlefs in Hennstedt

sämmtliche der Hennstedter Kirche zugehörigen, in Thielenhemme belegenen Ländereien, im Ganzen 131 Demath 1 Scheffel 33 Ruthen, theils zum Grasen, theils zum Mähen für den nächstfolgenden Sommer öffentlich verhäuert werden.

Wozu ich Häuerliebhaber hiemittelst einlade.

Kirchspielvogtei zu Hennstedt, den 24. Dcbr. 1849.
Ottens.

Verkauf eines Mühlengewesses.

Am Donnerstag den 1. März d. J. Nachmittags 2 Uhr soll im Conventshause im Hedewigenkoeg das zur Verlassenschaft des verstorbenen Müllers Claus Maassen weil. im Hedewigenkoeg gehörende Mühlengewese, bestehend aus einer achtkantigen Korn-Wind-mühle, einem Wohn- und Wirthschaftsgebäude und circa 9 Demat theils in Weide liegender, theils mit Waizen bestellter Marschländereien, unter den im Termin zu verlesenden, vorher hieselbst und bei dem Güter-pfleger Herrn Interessenten Huesmann im Hedewigen-koeg einzusehenden Bedingungen öffentlich an den Meistbietenden verkauft werden.

Hedewigenkoegs-Inspectorat zu Heide, den 16. Februar 1849.
Johannsen.

Hausverkauf.

Am Dienstag den 19. Februar d. J. soll das zum Nachlaß des Kaufmanns J. Suhr und dessen Wittwe weil, in Heide gehörige, am Eingang in die Oesterstraße belegene Wohnhaus dem öffentlichen Verkauf unterzogen werden. Die dem Verkauf zum Grunde gelegten Bedingungen sind bei dem Unterzeichneten zu erfahren. Kaufliebhaber wollen sich am gedachten Tage Morgens 10 Uhr in dem zu verkaufenden Hause einfinden.

Kirchspielvogtei zu Heide, den 16. Januar 1850.

Dührsen.

Ein, je nach den Umständen, kleineres oder größeres Logis, ist auf Mai nächsten Jahres in meinem Hause in Miethe zu haben.

Heide, den 30. October 1852.

F. Pauly.

Die Ehefrau des Herrn Joh. Tr. Wolters geb. Rose in Heide beabsichtigt, die ihr zuständigen, im Flecken Heide belegenen Wohnhäuser, nämlich

ein Wohnhaus in der Oesterstraße,

ein Wohnhaus auf Klein-Heide,

ein Wohnhaus am Röstorfer Wege,

ein Wohnhaus in der Süderstraße,

ein Wohnhaus in der Süderstraße,

ein Wohnhaus in der Westerstraße,

am 27. Mai d. J. durch den Unterzeichneten öffentlich verkaufen zu lassen. Die Kaufbedingungen sind bei dem Unterzeichneten, so wie bei dem Herrn Wolters hieselbst zu erfahren.

Kaufliebhaber wollen sich am gedachten Tage, Morgens 10 Uhr in dem Hause des Herrn Kirchspielsvorstehers Andreessen in Heide einfinden.

Kirchspielvogtei zu Heide den 21. April 1852.

Dührsen.

Verkauf eines
bedeutenden Brennerei-Gewefes im Flecken Heide mit circa 36 Morgen Landes.

Am 8. Februar k. J. 1853, als am Dienstage in der Faftnachtswoche, foll das im Flecken Heide am Schuhmacherort in nahrhafter Frequenz belegene, der Frau Wittwe Hafener geb. Kramer, jetzt zustehende umfangreiche Brennereigewefe mit angehörigen Ländereien meiftbietend in öffentlicher Licitation zum Verkauf geftellt werden. Das Gewefe befteht an Gebäuden

a, aus einem zum wirthschaftlichen Verkehr bequem eingerichteten Wohnhaufe,

b, aus einem neu aufgeführten zum Dampfbetriebe geeigneten geräumigen Brennhaufe,

c, aus einem neu aufgeführten zur Landwirthschaft und Viehmäftung eingerichteten großen Stall,

d, aus einem kleinen Stall, und

e. aus einem Nebenhaufe,

zu einem Gefammtverficherungswerth von 19,830 ℳ S. H. Cour., fo wie an Ländereien aus circa 36 Morgen Geeft=, Marsch=, Wiefen= und Weideländereien in den Kirchspielen Heide, Weddingftedt und Neuenkirchen, theils unmittelbar an Heide, theils in gelegener Entfernung, fämmtlich in befter Cultur, gegenwärtig für c. 8 Morgen mit Roken beftellt und im Ueberreft in Stoppel und Gräfung.

Der Verkauf wird im Ganzen und in anpaffenden Parcelen, zum Antritt auf Maitag k. J. nach erfolgter, auf 14 Tage vorbehaltener Approbation abgehalten und können die näheren Bedingungen 4 Wochen vor dem Termine hiefelbft, fo wie bei der Frau Wittwe Hafener und den Herrn Gebrüdern Stammer allhier eingefehen werden, wie denn Letztere über die Lage und Befchaffenheit der Grundftücke die gewünfchte Auskunft an Ort und Stelle zu ertheilen zu jeder Zeit bereit find.

Kaufliebhaber werden eingeladen am gedachten Tage den 8. Februar k. J. Vormittags 10 Uhr im landschaftlichen Haufe hiefelbft fich einfinden zu wollen.

Heide, den 18. December 1852.

F. C. Griebel, m. n.

Verkaufs-Anzeige.

Meine zu Wennemannswisch neu erbaute Korn-windmühle mit 2 Gängen, bin ich gewilligt am 4. Januar 1853, Vormittags 10 Uhr an Ort und Stelle öffentlich zu verkaufen. Die näheren Bedingungen sind bei mir zu erfragen und werden im Verkaufstermine bekannt gemacht.

Wennemannswisch, den 30. Novbr. 1852.

Niß Sörensen.

Hausverkauf.

Am Dienstag den 19. Februar d. J. soll das zum Nachlaß des Kaufmanns J. Suhr und dessen Wittwe weil. in Heide gehörige, am Eingang in die Oesterstraße belegene Wohnhaus dem öffentlichen Verkauf unterzogen werden. Die dem Verkauf zum Grunde gelegten Bedingungen sind bei dem Unterzeichneten zu erfahren. Kaufliebhaber wollen sich am gedachten Tage Morgens 10 Uhr in dem zu verkaufenden Hause einfinden.

Kirchspielvogtei zu Heide, den 16. Januar 1850.

Dührsen.

Verkaufs-Anzeige.

Auswanderung halber bin ich gewilligt, mein auf Klein-Heide hieselbst belegenes Gewese unter der Hand zu verkaufen. Dasselbe besteht in einem Wohnhause mit 3 Stuben, 2 Küchen und einem gewölbten Keller, einem Stall von 2 Etagen und einem Schweinestall; ferner einem Nebenhause mit 3 Wohnungen und circa 1 Morgen Moorland.

Das Gewese eignet sich für jeden bürgerlichen Betrieb, als Gerberei, Färberei, Kaufmannschaft 2c.

Kaufliebhaber wollen sich baldigst an mich wenden, ich werde billig verkaufen.

Heide, den 16. September 1853.

Cl. J. Claussen.
Zimmermeister.

Am Mittwoch den 28. Januar 1857 soll die zum Nachlaß des verstorbenen Apothekers A. L. F. Ruge weil. in Heide gehörige zu Westen des Marktes daselbst belegene Königl. privilegirte Apotheke nebst Haus, Nebengebäuden, Hofstelle und Garten u. s. w. öffentlich gerichtlich verkauft werden. Die Verkaufsbedingungen sind vom 12. Januar an bei dem Unterzeichneten, so wie in der hiesigen Kirchspielschreiberei, imgleichen bei dem Herrn Justizrath, Physicus Dr. Dohrn und bei dem Herrn Dr. Spies in Heide, welche letztere etwa verlangte Nachweisung des zu verkaufenden Gewese s. w. d. a. und Auskunft über den Betrieb der Apotheke zu ertheilen bereit sind, zu erfahren.

Kaufliebhaber wollen sich am gedachten Tage Morgens 10 Uhr in dem landschaftlichen Hause in Heide einfinden.

Königl. Kirchspielvogtei zu Heide, den 31. Decbr. 1856.

Dührsen.

▶ Hier handelte es sich um die Löwenapotheke in Heide.

Verkauf einer Bäckerei.

Das zur Concursmasse des Bäckers Christian Gottlob Scheibner in Pahlen gehörige, zum Bäckereibetriebe eingerichtete Wohnhaus, welches in der Brandkasse zu 1080 ℳ R.-M. versichert steht, soll am Montage den 14. Sept. d. J., Morgens 10 Uhr an Ort und Stelle öffentlich verkauft werden.

Kaufliebhaber werden zu diesem Verkauf mit dem Bemerken eingeladen, daß der Güterpfleger H. Karstens in Pahlen das Gewese näher nachweisen wird.

Königl. Kirchspielvogtei zu Tellingstedt, den 29. Juli 1857.

C. Wohlt.

Auctionsanzeige.

Am Donnerstage den 29. und Freitag den 30. d. Mts. sollen die zum Nachlaß des Hofbesitzers Claus Johann Lange weiland in Nordheistedt gehörigen Mobilien und Moventien in öffentlicher Auction gerichtlich verkauft werden. Der Verkauf der Pferde und Kühe findet am letzten Auctionstage Statt.

Königliche Kirchspielvogtei zu Hennstedt, den 14. März 1860.

J. Hedde.

Verkauf eines großen Marschhofes.

Am Mittwoch, den 13. Febr. d. J. Vormittags 10 Uhr soll im Hause des Gastwirths Herrmann Thiessen Jacobsen in Lunden der in Flehde belegene Hof-Landes des verstorbenen Capitains Claus Suel, wail. in Flehde, unter den im Termin zu verlesenden Bedingungen öffentlich an den Meistbietenden verkauft werden.

2 Knaben

deren Alter und Fähigkeit den Besuch der Rector-
schule ermöglichen, können zu Joh., resp. zu Mich.
d. J. im Hause des Unterzeichneten als Kostgän-
ger Aufnahme finden. Aeltern, welche mir ihre
Söhne anvertrauen möchten, werden gebeten, ehestens
sich an mich wenden zu wollen.

Heide, den 3. Mai 1860.

A. F. Thomsen. Dr. phil.
z. Z. Rector.

Am 28. December dieses Jahres, Morgens 10
Uhr, wird im Hause des Gastwirths Buschmeier in
Nordhastedt das dem Unterzeichneten gehörige in Nordhastedt belegene Gewese unter den im Verkaufstermine
bekannt zu machenden Bedingungen öffentlich meistbietend verkauft werden. Dasselbe besteht aus einem
zu 1275 ℔ in der Brandkasse versicherten Hause, 1½
Morgen bei der Wohnstelle befindlichem Sandland und
3½ Morgen Wiesenland. Kaufliebhaber werden eingeladen sich zur obgedachten Zeit einzufinden.

Nordhastedt, den 6. Decbr. 1864.

Thies Funck.

Am Donnerstag den 19. Mai d. J. soll das zur Concursmasse des Kaufmanns Theodor Bubmann in Heide am Markt hieselbst belegene Wohnhaus nebst Stall und Garten öffentlich gerichtlich verkauft werden.

Die Verkaufsbedingungen sind bei dem Unterzeichneten, sowie bei dem Güterpfleger Herrn A. Stammer in Heide zu erfahren.

Kaufliebhaber wollen sich am gedachten Tage, Morgens 10 Uhr in dem zu verkaufenden Hause einfinden.

Kirchspielvogtei zu Heide, den 13. April. 1864.

Dührsen.

Am Donnerstag den 15. Febr. d. J. soll das zur Concursmasse des Schustermeisters Joh. Andr. Hettschen in Heide gehörige, in der Rosenstraße belegene Wohnhaus c. p. öffentlich gerichtlich ververkauft werden.

Die Verkaufsbedingungen sind bei dem Unterzeichneten so wie bei dem Massecurator Herrn Andr. Stammer in Heide zu erfahren.

Kaufliebhaber wollen sich am gedachten Tage Morgens 10 Uhr in dem Hause des Gastwirths Burmeister hierselbst einfinden.

Herzogl. Kirchspielvogtei zu Heide, 15. Jan. 1866.

Dührsen.

Am Dienstag den 9. Octbr. d. J. soll das zur Concursmasse der Ehefrau des Schustermeisters Joh. Andr. Hettschen aus Heide gehörige an der Westerweide hieselbst belegene Wohnhaus c. p. öffentlich gerichtlich verkauft werden.

Kaufliebhaber, welche die Verkaufsbedingungen bei dem Unterzeichneten, so wie bei dem Massecurator Herrn A. Stammer in Heide ersehen können, wollen sich am gedachten Tage Morgens 10 Uhr im Hause des Gastwirths Andressen in Heide einfinden.

Kirchspielvogtei zu Heide den 28. Aug. 1866.

Dührsen.

Da der am 21. d. M. abgehaltene Verkauf der zur Concursmasse des Dampfmühlenbesitzers Mich. Klüver in Heide gehörenden Immobilien c. p. nicht genehmigt worden: so ist ein neuer Termin zum Verkauf dieser Immobilien auf Freitag den 1. Februar 1867 anberaumt.

Die Verkaufsbedingungen sind bei dem Unterzeichneten, so wie bei dem Massecurator Herrn A. N. Stammer in Heide zu erfahren.

Kaufliebhaber wollen sich am gedachten Tage, Morgens 10 Uhr in dem Hause des Gastwirths Georg Gilian am Markt hieselbst einfinden.

Kirchspielvogtei zu Heide den 22. Decbr. 1866.

Dührsen.

Ein an der Nordseite des Marktplatzes in Heide belegenes, 7 heizbare Zimmer enthaltendes, mit Gaseinrichtung versehenes Wohnhaus nebst Stall und einem kleinen Garten steht unter der Hand zu verkaufen, eventuell vom 15 October d. J. an zu vermiethen. Nähere Auskunft ertheilt der Unterzeichnete.

Heide, den 19. September 1867.

Rolfs,
Rechtsanwalt und Notar.

Verkauf eines Mühlengeweses.

Das zur Concursmasse des Mühlenbesitzers Frenz Postel in Blankenmoor gehörige, allda belegene Mühlengewese, bestehend aus einem Wohnhause, einer achtkantigen, s. g. holländischen Korn-Windmühle nebst kleinem Stall und Garten soll am

Mittwoch, den 31. März 1869

unter den in termino zu verlesenden und vom 20. März cr. an im Bureau des unterzeichneten Amtsgerichts, sowie im Verkaufslocale einzusehenden Bedingungen, öffentlich meistbietend verkauft werden.

Kaufliebhaber haben sich am gedachten Tage, Nachmittags 3 Uhr im Hause der Wittwe Gravert in Blankenmoor einzufinden.

Wesselburen, den 23. Februar 1869.

Königliches Amtsgericht.

Wiencke.

Verkaufs-Anzeige.

Da über den stattgefundenen Verkauf des Wacht- und Spritzenhauses hieselbst Disapprobation erfolgt ist; so wird ein abermaliger Verkaufs-Termin, am 20. d. M. Vormittags 10 Uhr, im Hause des Herrn G. Gilian stattfinden.

Heide, d. 13. Janr. 1869.

D. N. Tietz, Namens der Commission.

Concurs-Proclam.

Von Gerichtswegen wird den sämmtlichen nicht protocollirten Creditoren des weil. Schusters Johann Friedrich Landberg in Feddringen, über dessen Nachlaß definitiv Concurs erkannt worden, hiedurch aufgegeben, ihre Forderungen und Ansprüche an den gedachten Nachlaß innerhalb 6 Wochen, von der letzten Bekanntmachung dieses Proclams angerechnet, bei Vermeidung der Ausschließung von der Concursmasse, in dem unterzeichneten Amtsgericht gehörig anzumelden.

Heide, den 26. Juli 1869.
Königliches Amtsgericht, Abtheilung I.
Eitzen.

Verkaufs-Anzeige.

Am Mittwoch, den 24. Novbr. 1869,
Morgens 11 Uhr,

sollen die zur Concursmasse des Schusters Johann Friedrich Landberg, weil. in Feddringen, gehörigen Immobilien, bestehend aus einem in Feddringen belegenen Wohnhause nebst ca. 13 Scheffeln Land, im Hause des Gastwirths J. Heesch in Feddringen meistbietend unter den in termino zu verlesenden Bedingungen gerichtlich verkauft werden.

Heide den 27. Octbr. 1869.
Königl. Amtsgericht, Abtheilung I.
Eitzen.

Gerichtlicher Verkauf.

Das zur Concursmasse des Schusters Staackmann in Hemme gehörige, am Voßwege daselbst belegene, sub Nr. 44 cataftrirte Wohnhaus mit Hofplatz und Garten soll am

Mittwoch den 29. September 1869
Vormittags 10 Uhr,

im Locale des Gastwirths H. Sievers in Hemme öffentlich an den Meistbietenden verkauft werden.

Der Güterpfleger H. Sievers wird das Grundstück nachweisen und Auskunft darüber ertheilen.

Lunden, den 16. August 1869.

Königliches Amtsgericht:

Petersen.

Der Unterzeichnete ist Auswanderung halber gewillt, sein zu Norden Henstedt's belegenes Wohnhaus nebst 18 Scheffel Geestland (mit ½ Tonne Roggen bestellt) unter der Hand oder in öffentlicher Auction am 28. Januar d. J. zu verkaufen.

Henstedt, den 6. Januar 1869.

Cl. Friedr. Hedde.

Verkaufs-Anzeige.

Die zur Nachlaßmasse des in Heide verstorbenen Rentiers Claus Mohr, früher in Tödienwisch, gehörigen, allda belegenen Immobilien, bestehend aus einem Wohn- und Wirthschaftsgebäude, reichlich 6 Morgen Ländereien und einer Moorbeute auf dem s. g. Weißenmoor, sollen am

Mittwoch, den 16. März d. J.

unter den in termino zu verlesenden, vom 7. März cr. an im Verkaufslocale und im unterfertigten Amtsgericht einzusehenden Bedingungen öffentlich gerichtlich meistbietend verkauft werden.

Kaufliebhaber haben sich am gedachten Tage Vormittags 11 Uhr, im Hause des Gastwirths P. J. Peters in Neuenkirchen einzufinden.

Wesselburen, den 28. Febr. 1870.

Königliches Amtsgericht.

Beglaubigt:

Brodersen,

Secretair.

Bekanntmachung.

Neuer Termin zum gerichtlichen Verkauf der zur Concursmasse des wail. Gastwirths und Landmannes Thomas Johnsen in Heide gehörigen Immobilien ist auf

Dienstag den 5. April d. J.
Nachmittags 3 Uhr

anberaumt. Kaufliebhaber werden aufgefordert, sich alsdann im Hause des Gastwirths G. Gilian in Heide einzufinden.

Die Grundstücke werden zunächst einzeln und darnach zusammen zum Verkauf aufgestellt werden.

Heide, den 28. März 1870.

Königliches Amtsgericht, Abtheilung .I.
Eitzen.

Verkaufs=Anzeige.

Am Dienstag, den 16. d. M., Vormittags 10 Uhr soll eine Quantität zur Concursmasse des Kaufmanns und Tabacksfabrikanten Ernst Jürgen Ludwig Möller in Heide gehöriger Cigarren und fertiger Tabacke im Locale des Gastwirths Claudius Buhmann hier gegen gleich baare Bezahlung öffentlich meistbietend verkauft werden. — Die vorhandenen Rohtabacke kommen demnächst zur Versteigerung.

Heide, den 2. August 1870.

Königl. Amtsgericht, Abtheilung I.

Citzen.

Anzeigen.

Verkauf eines Mühlengeweses.

Wegen Disapprobation ist abermaliger Verkaufs=
termin der zur Hölck'schen Concursmasse gehörenden
Immobilien in Schülp auf

Montag, den 16. December 1872,

anberaumt und haben Kaufliebhaber sich an diesem
Tage, Vormittags 10 Uhr, im Lokale des Gastwirths
J. H. Hinst in Schülp einzufinden.

Die Bedingungen liegen bei dem Massecurator
Herrn C. A. Carstens hieselbst und im unterfertigten
Amtsgericht aus.

Zugleich werden die Masse=Creditoren hierdurch
behufs Approbation oder Disapprobation des Ver=
kaufs zu dem genannten Termin unter der Verwar=
nung geladen, daß die nicht anwesenden sich den
Beschlüssen des Gerichts und der im Termin anwe=
senden Gläubiger zu unterwerfen haben.

Wesselburen, den 29. Novbr. 1872.

Königliches Amtsgericht:

Wiencke.

Anzeigen.

Bekanntmachung.

Das zur Nachlaßmasse der verstorbenen Eheleute Cay Wilhelm Christoph Elsner und Anna geb. Ohlen, weil. in Wesselburen gehörige, daselbst belegene Wohnhaus cum pert. soll am

Donnerstag, den 14. November 1872

unter den in termino zu verlesenden, vom 6. November cr. an im Verkaufslocale und im unterzeichneten Amtsgericht einzusehenden Bedingungen öffentlich gerichtlich meistbietend verkauft werden.

Kaufliebhaber haben sich am gedachten Tage, Vormittags 10 Uhr, im Lokale des Gastwirths A. Kragge in Wesselburen einzufinden.

Wesselburen, den 17. Oktober 1872.

Königliches Amtsgericht:
Wiencke.

Verkauf eines Wohnhauses.

Das zum Nachlaß der Wittwe Maria Christina Diercks, geb. Paulsen, weil. in Wesselburen, gehörige, daselbst an der Süderstraße belegene, vor einigen Jahren neu erbaute Wohnhaus nebst dabei befindlichem Garten soll am

26. Februar d. J.

unter den im Termin zu verlesenden, vom 18. d. M. an im Verkaufslocale und im unterfertigten Amtsgericht einzusehenden Bedingungen öffentlich gerichtlich meistbietend verkauft werden.

Kaufliebhaber haben sich am gedachten Tage, Vormittags 10 Uhr, im Hause des Gastwirths C. F. Köbke in Wesselburen einzufinden.

Wesselburen, den 12. Februar 1872.
Königliches Amtsgericht.
Wiencke.

Auctions-Anzeige.

Am Montag den 29. April d. J. von Vormittags 9 Uhr an sollen die zum Nachlaß der verstorbenen Eheleute Tischler Cay Wilhelm Christoph Elsner und Anna, geb. Ohlen, beide wailand in Wesselburen, gehörenden Beweglichkeiten, namentlich neue Mobilienstücke, sowie diverses Haus- und Küchengeräth öffentliche gerichtlich meistbietend gegen Baar verkauft werden.

Kaufliebhaber haben sich am gedachten Tage im Hause des Gastwirths Kragge, „Conventgarten" hieselbst, einzufinden.

Wesselburen, den 6. April 1872.

Königliches Amtsgericht.

Beglaubigt: **Brodersen**, Secretair.

Verkaufs-Anzeige.

Das zur Concursmasse des Einwohners Claus Albrecht in Büsum gehörige, allda belegene Wohnhaus nebst kleinem Garten, soll am

Montage, den 21. April 1873,

unter den im Termin zu verlesenden, und vom 12. Apr. cr. an im unterzeichneten Amtsgericht und im Verkaufslocale einzusehenden Bedingungen öffentlich gerichtlich meistbietend verkauft werden.

Kaufliebhaber haben sich am gedachten Tage Vormittags 10 Uhr im Locale des Gastwirths Bruhn in Büsum einzufinden.

Wesselburen, den 29. März 1873.

Königliches Amtsgericht:

Wiencke.

ARBEIT

• • • • • • • • •

Damals wie heute hatten Wohnung und Arbeit einen hohen Stellenwert. Im Gegensatz zu den Wohnungsannoncen sind die der Arbeitsangebote oder -gesuche sehr kurz gehalten.
Auffällig ist, dass die Arbeitsannoncen sich zum größten Teil an die männliche Bevölkerung richten.
Frauen werden selten und eher für niedere Arbeiten gesucht.

Wenn Sie die Annoncen mit denen der heutigen Zeit vergleichen, können Sie feststellen, dass sich die Anzeigengröße zwischen Wohnen und Arbeit verändert hat.

(Gesuchte Lehrlingin.) Sollte ein Mädchen Neigung haben, die Schneiderarbeit auf dem Lande zu erlernen, so melde sie sich gefälligst bei der Wittwe Rechenmeisterin Bakker in Heide.

Ein rechtlicher Mann, welcher Geschick und Lust hat regelmäßige Botengänge von Meldorf über Heide nach Friedrichstadt zu machen, findet in der Expedition dieser Zeitung zu Heide, Nachweisung zu einer festen kleinen Einnahme für diese Gänge, welche bei dem starken Verkehr zwischen den genannten Orten wohl Rechnung gewähren könnten.

— Für einen jungen Menschen welcher Lust hat die Malerkunst zu erlernen, ist eine Stelle offen. Die vorläufigen Bedingungen und das, Wo? sind in der Expedition dieser Zeitung in Heide zu erfragen.

Es wird ein Gärtner gesucht, der sein Fach vollkommen versteht und Zeugnisse seines Wohlverhaltens beibringen kann.

Nähere Nachricht ertheilt auf portofreie Anfragen die Expedition dieses Blattes in Heide.

Ein tüchtiger Webergeselle kann sogleich in Arbeit treten bei C. Schweichhard in Wesseln bei Heide.

Ein Paar Eheleute wünschen zu Ostern oder Mai d. J. als Verwalter und Haushälterin auf dem Lande angestellt zu werden. Sie bitten, nähere Nachricht in der Exped. d. Z. in Heide zu erfragen.

Anzeige.

Wer zu Ostern oder auch jetzt gleich einen guten Müllergesellen zu erhalten wünscht, wende sich gefälligst an den Unterzeichneten.

Heide, den 2ten Januar 1833.

Hans Jürgen Rehpen.

Es wird ein flinker Knabe von rechtlichen Eltern, der confirmirt und im Rechnen und Schreiben geübt ist, gesucht. Nähere Auskunft ertheilt die Expedition dieser Zeitung in Heide.

In einer frequenten Eisen- und Galanteriewaaren-handlung wird ein tüchtiger Lehrling gesucht. Man wende sich dieserwegen gefälligst an die Expedition dieses Blattes in Heide.

Ein junger Mensch welcher Geschick und Neigung zum Schulfach hat, könnte zu Allerheiligen d. J. bei Unterzeichnetem eine Anstellung erhalten, wenn er bald möglichst sich des Näheren wegen an ihn wendet. Schülp den 6. October 1833.

Silvester.

Ein muntrer junger Mensch, welcher mit den nöthigen Schulkenntnissen ausgerüstet ist und Lust hat die Manufacturwaaren=Handlung zu erlernen kann zu Ostern in meinem Geschäft in die Lehre treten. Reflectirende wollen des Näheren wegen sich an mich wenden. Heide, den 16ten März 1833.

T. P. Voigt.

Ein junger Mensch von rechtschaffenen Eltern, welcher Lust hat, die Buchbinder=Profession zu erlernen, kann zu Ostern d. J. in die Lehre angestellt werden, bei dem Buchbinder

J. F. Kinas in Heide.

Ein junger Mensch von rechtlichen Eltern, der Lust hat die Malerprofeſſion zu erlernen, kann ſogleich eine Anſtellung erhalten. Das Nähere iſt zu erfragen in der Dithm. Zeitungs-Expedition in Heide.

Bei C. Wilde in Heide kann, am liebſten ſogleich, ſonſt zu Oſtern, ein junger Menſch in der Tabacksfabrique als Lehrling eine Anſtellung finden; hierauf Reflectirende wollen ſich gefälligſt an ihn ſelbſt wenden.

Ein junger Menſch von braven Eltern, der Oculi dieſes Jahres confirmirt iſt, und mit ſeinen recht guten Schulkenntniſſen einen guten Willen vereinigt, wünſcht zu Oſtern d. J. eine paſſende Anſtellung als Lehrburſche in einem Manufactur- oder Colonialwaaren-Laden. Die auf ihn Reflectirenden werden erſucht, ſich in frankirten Briefen an D. S. durch die Expedition dieſer Zeitung zu wenden.

Ein examinirter Seminarist, welcher der Orgel vorstehen kann, kann zu Michaelis d. J. bei mir eine Anstellung als Gehülfe finden. Hierauf Reflectirende wollen sich ehestens an mich wenden.

Erfde, den 8ten Juli 1835.

J. Buhmann, Cantor.

Ein Bursche, welcher Lust hat die Schmiedeprofession zu erlernen, kann sogleich oder Ostern d. J. in die Lehre treten bei dem Schmidt Sievers in Wesselburen.

Ein junger Mensch, welcher Lust und Geschick für das Schulfach hat, kann bei dem Unterzeichneten eine Anstellung finden.

Schülp, den 1. September 1838.

Sylvester, Schullehrer.

Ein Bursche, der bereits 1841 confirmirt ist, sucht einen Meister, um die Glaserprofession, wo möglich, zünftig zu erlernen. Ein Näheres hierüber in der Expedition dieses Blattes.

Gesuchter Lehrer.

Durch Beförderung des bisherigen Lehrers ist die Stelle eines selbstständigen Elementarlehrers hieselbst vacant geworden, mit der außer freier Wohnung, Feurung und Theewasser ein Gehalt von 100 Rthlr. jährlich verbunden ist. Lehrer, die zu dieser Stelle Neigung haben und sofort antreten können, wollen ihre desfalsigen Gesuche nebst Zeugnissen an die Unterzeichneten baldigst einsenden.

Barlt, d. 1. Mai 1849. Die Schulinspectoren.

Für einen mit den erforderlichen Schulkenntnissen ausgerüsteten Lehrling ist in meiner Buchdruckerei ein Platz offen.

Heide, im März 1849. F. Pauly.

Gesuch.

Ein mit empfehlenden Zeugnissen versehener Handlungscommis wünscht seinen gegenwärtigen Platz mit einem andern, in einer Colonialwaarenhandlung, zu vertauschen, und bittet Reflectirende seine Adresse gefälligst in der Expedition dieses Blattes zu erfragen.

Zum 1. May dieses Jahres

wünscht ein mit guten Zeugnissen über Fähigkeiten und Betragen versehenes Mädchen eine Anstellung als **Haushälterin** oder **Meierin.**

Nachweisung wird in der Expedition dieser Blätter ertheilt.

Gesuchter Ammendienst.

Eine junge, gesunde und kräftige Frau wünscht einen Ammendienst anzunehmen, welchen sie erforderlichenfalls sogleich antreten könnte; Reflectirende werden ersucht, sich näherer Nachweisung halber an die Expedition dieser Zeitung in Heide zu wenden.

Bekanntmachung.

An der neu einzurichtenden Elementarschule im Kirchdorfe Burg soll zu Michaelis d. J. ein Lehrer angestellt werden. Die mit dieser durch Wahl der Schulcommüne zu besetzenden Stelle verbundenen Emolumente bestehen außer freier Wohnung und Garten in einem festen jährlichen Gehalte von 60 ℳ Cour., 5 Tonnen Rocken, 30,000 Soden Torf und statt der Winter= und Sommerfütterung für 2 Kühe in einem Aequivalent von jährlich 40 ℳ Cour. Sollte über kurz oder lang die An= stellung eines Unterlehrers erforderlich werden, so würde die Schulcommüne zu dessen Haltung 40 ℳ Cour. an den Lehrer zu entrichten haben. Bewer= ber um diese Stelle werden aufgefordert, ihre Präsentationsgesuche nebst Zeugnissen, namentlich über ihre Bekanntschaft mit der wechselseitigen Schuleinrichtung, innerhalb 4 Wochen vom Tage dieser Bekanntmachung an das unterzeichnete Kir= chenvisitatorium nach Meldorf zu senden. Persön= liches Erscheinen wird von Unbekannten gerne gesehen.

Meldorf und Burg, den 22sten July 1843.

Paulsen,   A. N. Martens.

in Auftrag des Hrn. Landvogts

Lempfert.

▶ Emolumente bedeutet Einkünfte.
Aequivalent ist mit „angemessen" zu übersetzen.

Bekanntmachung

Wenn die Hebammenstelle im Kirchspiele Weddingstedt erledigt worden, so werden Bewerberinnen um selbige, mit der, außer den Accidentien, an Wohnungsgeld und Gehalt, ein Einkommen von 85 ℳ. 8 β Cour. verbunden ist, wovon jedoch an die bisherige Hebamme jährlich 60 ℳ. Cour. abzugeben sind, — hierdurch aufgefordert, ihre desfälligen Gesuche unter Anlegung ihrer Zeugnisse binnen 4 Wochen a dato an die unterzeichnete Kirchspielvogtei einzusenden.

Weddingstedter Kirchspielvogtei zu Stelle, den 17. Juli 1852.

D. Arens.

Ein auf dem Lande wohnender Amtsmeister sucht zum Frühjahr einen Lehrling für die Maurerprofession. Man wende sich an die Expedition dieses Blattes.

Schwedische Dienstboten

werden prompt zu den bekannten Bedingungen und unter Garantie durch Vermittelung der Herren v. Essen und Kasch in Kiel besorgt von

Theodor Petersen,
zu Süden am Markt in Heide.

Gesucht für Australien:

Familien und ledige Männer des Handwerker= oder Arbeiterstandes. Näheres auf frankirte Anfragen bei

Dieseldorff & Co. in Hamburg.

Kirchliche Anzeige.

Sonntag, den 26. Januar 1873.
Wahl eines Organisten und ersten Mädchenlehrers.
Vormittags 9½ Uhr: Wahlproben im Orgelspiel,
im Gesang und im Katechesiren von Seiten der 3
präsentirten Herren Lehrer, Wittmaack aus Henstedt,
Koch aus Barlt und Schlotfeldt aus Büsum,
darnach die Abgabe der Stimmen.
Die Predigten fallen aus.

Alf. Elsner in Wesselburen

sucht zu Ostern d. J. einen

Tischlerlehrling.

W. Opitz in Wesselburen

sucht zu Ostern d. J. einen

Klempnerlehrling.

VERSCHIEDENES

Hier finden Sie eine bunte Mischung von Annoncen.
Ob etwas gesucht oder gefunden wurde, eine Bekanntmachung
erfolgte oder geplante Bauarbeiten angekündigt wurden.
Gestrandete Schiffe, Badezeiten in Büsum oder entlaufene Tiere
– wir können lesen, was damals von Bedeutung war. Auch Verkaufsangebote und Kaufgesuche finden Sie in diesem Kapitel.

Zum Teil sind es recht lustige Annoncen.
Lassen Sie sich überraschen.

Ich wohne am Markt, im Hause des weil. Advocaten Peters.

Heide, den 11. September 1832.

Spies, Dr. med. & chir.

Zufällig steht bey mir für einen sehr billigen Preis zum Verkauf: Ein faft ganz neuer kupferner Brennkeſſel von mittler Größe, mit Helm und Schlange.

Johann Georg Borgfeldt, Kupferschmidt in Meldorf.

In der Nacht vom 24ſten zum 25ſten Septbr. ſind mir 2 Pferde von der Weide gekommen, nämlich ein dunkelbrauner vierjähriger Wallach mit Stern und eine helle Fuchs-Stute mit Bläß und wunder Bruſt. Einen jeden, welcher von dieſen Pferden Kunde hat, erſuche ich freundlichſt mich davon zu benachrichtigen.

Schülperſiehl, Kirchſpiels Weſſelburen, den 29. September 1832.　　　Peter Staack.

Bei Unterzeichnetem stehen an trockenem, überjährigem Erlen-Holz 30 Faden für billige Preise zum Verkauf. Nordhastedt, den 6ten Januar 1833.

Harders.

Eine Sonnenuhr, weiße Marmorplatte mit messingnem Triangel, ist zu verkaufen. Wo? ist in der Expedition d. B. in Heide zu erfahren.

Da ich vor einiger Zeit, den Claus Naeve in Wittenwurth, unüberlegter Weise, durch Scheltworte beleidigt habe; so widerrufe ich hiedurch dieses und erkläre: daß ich von gedachtem Claus Naeve, nichts wie alles Gute zu sagen weiß und Solchen keiner schlechten Handlungen beschuldigen kann. Wittenwurth, im July 1833.

J. Chr. Lehfeldt.

Wer einen, schon benutzten, wenn auch in 2 bis 3 Stücken bestehenden, Untermahlstein billig abzustehen hat, beliebe seine Addresse versehen mit dem Maaß und Preis-Aufgabe des Steins, baldigst in der Expedition dieser Zeitung abzugeben.

Im landschaftlichen Hause zu Heide steht eine wohl conditionirte, in Federn hängende Cariole mit Geschirr, zum Verkauf.

Anzeige.

Es hat jemand auf dem Wege von Poppenhusen, Haberwisch und Sommerhusen eine Taschenuhr verloren. Selbige war mit einer stählernen Kette, woran drei Schlüssel, ein Pettschaft und ein kleiner Haken hingen, verbunden. Das äußerste Gehäuse war von Schildpart.

Der ehrliche Finder wird gebeten, selbige gegen ein angemessenes Douceur entweder in Weffelburen bei dem Uhrmacher Hrn. Hagemann oder auch in Neuenkirchen bei Simon Peters abzugeben.

Süderdithmarschen, den 24. Febr.

Es ist wider einen Strandvogt, wegen angeblicher Vernachläſſigung ſeiner Amtspflicht, eine Unterſuchung eingeleitet, deren Reſultat entgegen geſehen wird.

Bekanntmachung.

Daß der Schiffer Claus Mohr von Nübbel auch im nächsten Sommer Stückgüter ꝛc. für die nemliche billige Fracht wie voriges Jahr, für meine Rechnung von Wöhrden auf Hamburg hin und zurück mitnehmen werde, bringe ich hiemit zur öffentlichen Kunde.

Heide, den 11ten Februar 1835.

D. Horstmann.

Melborf, den 23sten Februar 1834.

In Meldorf ist heute ein soeben gebornes Kind in einem an der Straße liegenden Hofe gefunden, auch ist schon ein Frauenzimmer, das angeblich bekannt hat daselbe geboren zu haben, zur gefänglichen Haft gebracht.

Bekanntmachung.

Auf dem Wege von Tönning nach Strübbel ist vor einiger Zeit eine Hutschachtel mit drei Damenhüten gefunden worden. Wer im Stande ist, sich als Eigenthümer derselben auszuweisen, kann sie gegen Erstattung der durch diese Bekanntmachung veranlaßten Kosten bei dem Gastwirth Möhring in Strübbel wieder in Empfang nehmen.

Ein guter, ftarker Stuhlwagen mit zwei lakirten
Stühlen ift zu verkaufen. Wo? erfährt man in der
Expedition diefer Zeitung in Heide.

▶ Stuhlwagen = Erinnern Sie sich noch an die Bauern mit Pferd
und Wagen, die die Ernte, den Mist oder den Müll transportierten?
Ein solcher Wagen wurde damals mit Stühlen oder Sitzbänken
bestückt um mehrere Personen zu befördern.

Von dem Feldhüter der Ofereggens-Commüne find
ein paar 2jährige Ochfen, von denen der eine dunkel-,
der andere hell-roth und weiß, am 9ten d. M. auf-
gefchüttet worden. Der Eigner diefer Ochfen hat
fich bei dem Unterzeichneten zu melden, um gegen Er-
fattung der Koften diefelben ausgeliefert zu erhalten.
Heide, den 20ften Juli 1835.
J. Dencker,
p. t. Eggensvorfteher.

▶ aufgeschüttet = Im 19. Jahrhundert gab es überall Pferche
(Schüttkoven), in denen entlaufene Tiere eingepfercht
(aufgeschüttet) und bis zur Bezahlung durch die Besitzer
ausgelöst wurden.

Mit einer neuen Auswahl moderner und geschmack=
voller Tapeten und Borden, zu dem Preise von 10 ß
an aufwärts, empfiehlt sich der Unterzeichnete bestens;
auch hat derselbe einen neuen Chaisenstuhl zum Ver=
kauf fertig stehen.

Heide, im Februar 1836.

F. Methmann.

Derjenige welcher am Sonnabend den 21. May d.
J. in Heide eine viertel Tonne grüner Seife von mir
auf seinen Wagen nahm um sie nach Wesseln für mich
mitzunehmen, wird hiemittelst von mir aufgefordert,
die bis jetzt versäumte Ablieferung zu beschaffen, widri=
genfalls ich zu geeigneten Maaßregeln dieserwegen
schreiten werde. Wesseln, den 9. Juli 1836.

Carl Abrahams.

Vom 13ten Septbr. d. J. gehen die Dampfschiffe
Elbe oder Patriot jeden Dienstag und Freitag,
Morgens 9 Uhr, von Hamburg ab, und können Nach=
mittags 2 Uhr hieselbst vorm Hafen eintreffen, so wie
selbige jeden Mittwoch und Sonnabend, Morgens
9 Uhr, von Cuxhaven retour kommen und um 10 Uhr
hieselbst eintreffen können.

Brunsbüttlerhafen, den 30sten August 1836.

Lütje Pien.

Seit circa 14 Tagen ist mir ein rothbunter, 2½-jähriger Ochse aus der Weide weg geworden. Wer mir Nachricht darüber ertheilen kann, erhält eine angemessene Vergütung.

Wennemannswisch, Kirchspiel Norderwöhrden, den 19. Novbr. 1837.   Peter Mohr Wwe.

Bekanntmachung.

Da es sich gezeigt hat, daß die Handwerker, namentlich Maurer, Tischler, Zimmerleute, sowohl bei Neubauten, als auch Veränderungen in alten Gebäuden, die in Gemäßheit der Brandverordnung vom 20. Octbr. 1740 § 4 zu beobachtende Vorsicht zuweilen gänzlich aus den Augen setzen, so wird es hiemittelst zur öffentlichen Kunde gebracht, wie Handwerker die größtmöglichste Sorgfalt anzuwenden sowohl bei Einrichtung neuer als Veränderungen alter Schornsteine und bei Einrichtung neuer Feuerheerde und Schwiebbögen für die möglichste Entfernung alles Holzes Sorge zu tragen u. s. w. und wie sie bei Unterlassung dieser Vorsicht, es mag nun ein Feuer dadurch entstanden sein oder nicht, eine den Umständen angemessene Strafe zu erwarten haben.

Süderdithmarsische Landvogtey zu Meldorf, den 17. April 1838.   Lempfert.

Mein kastanienbrauner Hengst mit Stern und zwei kleinen weißen Füßen (Sohn vom Young Colos) steht dieses Jahr wiederum bei meinem Schwager, Hans Thönsen in Groven, als Beschäler. Das Deckgeld ist für jede Stute 2 Species.
St. Annen, den 21. Februar 1838.

Joh. Bartels.

Am Freytag, den 14ten dieses Monats, ist auf dem Wege von Wittenwurt über Hemme, Flehder-wurt und Mahde, nach Lunden, ein brauner seidener Sonnen-Schirm, mit braunem Stiel, knöchernem Schieber, ähnlichen Bügel- und Stiel-Spitzen, und einem dergleichen gebogenen Haken-Griff versehen, vom Wagen verloren gegangen. Der ehrliche Finder wird gebeten, solchen gegen eine angemessene Beloh-nung in der Expedition dieses Blattes einzuhändigen.
Heide, im September 1838.

Bekanntmachung.

Da die über die Instandsetzung der Hemmingsted= ter Kirchenuhr unterm 19. Novbr. d. J. abgehaltene Licitation nicht approbirt worden ist, so wird hiemit auf Sonntag = Nachmittag, den 6ten Januar k. J., ein abermaliger Licitationstermin angesetzt, und werden alle Diejenigen, welche etwa geneigt sein mögten, die in Rede stehende Reparatur zu überneh= men, hiemit aufgefordert, am benannten Tage, Nach= mittags 1 Uhr, im Hause des hiesigen Gastwirths Vester sich einzufinden.

Hemmingstedt, den 21. Decbr. 1838.

Möller, noie. des Kirchencollegiums.

Ein Gitterwagen mit 2 lackirten Stühlen steht bei dem Unterzeichneten zum Verkauf, auch hat derselbe mehrere einzelne lackirte Wagenstühle vorräthig, wel= che zu billigem Preise abgelassen werden.

Heide, den 2ten Juli 1838.

F. Methmann,
Sattler und Tapezierer.

Nachdem ich Alters halber mein Geschäft aufgegeben und vor einiger Zeit meinen Grundbesitz verkauft habe, so bin ich nunmehr gewilliget, nachstehendes Mobiliar ꝛc. in öffentlicher Auction zu verkaufen, als: 1 Kleiderschrank, Koffer, Tische und Stühle, Grapen, Pfannen und Theekessel, sowie sonstiges Küchengeräth, verschiedene Bücher nebst Knopfmachergeräth und sonstige Sachen.

Es werden Liebhaber daher hiedurch von mir eingeladen, sich am Dienstage den 18ten Juny, Vormittags 10 Uhr, in meinem vormaligen Hause in der Sprethstraße hieselbst einfinden zu wollen.

Meldorf, den 3ten Juny 1839.

Joh. Hinr. Harders,
Knopfmacher.

Wer eine, in brauchbarem Zustande befindliche Mehlsichtkiste von 10 bis 14 Fuß Länge, billig zu verkaufen hat, beliebe seine Addresse mit Bemerkung des geforderten Preises in der Expedition dieses Blattes abzugeben.

Ein 7 Fuß hoher, $4\frac{1}{2}$ Fuß breiter, mit Mahagoni fournirter Spiegel ist bei Unterzeichnetem billig zu kaufen. Heide, den 30. März 1839.

C. F. Köhler.

Ein Forte-Piano steht wegen Abreise zu sehr billigem Preise zu Verkauf, wo, erfährt man in der Expedition dieser Zeitung in Heide.

Am Dienstag den 18. d. M., Morgens 10 Uhr, sollen die zum Nachlaß des verstorbenen Cantors und Mädchenlehrers Haack, weiland in Heide, gehörigen Effecten, bestehend in Betten, Schränken, Stühlen, Leinenzeug, sonstigem Haus- und Küchengeräth, 1 goldenen Taschenuhr, mehrerem Silberzeug, einer Anzahl Bücher (worunter das Conversationslexicon) und anderen Sachen, in öffentlicher Auction gerichtlich verkauft werden.

Kaufliebhaber wollen sich zur bestimmten Zeit in der Wohnung des verstorbenen Cantors Haack im Schulhause hieselbst einfinden.

Heider Kirchspielvogtei, den 6. Januar 1842.

Dührsen.

Mein Dunkelblauschimmel-Hengst, 12 Quartin hoch, 4 Jahr alt, ohne Abzeichen, deckt in diesem Frühjahr zu 7 mß 8 ß pro Stute.

Sophienhof bei Heide, den 15. Februar 1842.

Jürgen Voß.

Dritte und letzte Bekanntmachung.

Von Gerichtswegen füge Ich der Kirchspielvogt Boysen, als Verweser der Norderdithmarscher Landvogtei,   hiemit zu wissen:

Daß der Verlehntsmann Detlef Bielfeldt in Wallen, nachdem derselbe wegen Altersschwäche der eigenen Verwaltung seines Vermögens sich begeben, auf seinen desfälligen Antrag von mir unter Curatel gestellt und ihm der Eingesessene Claus Claussen in Wallen zum Curator beigeordnet worden ist, weshalb von jetzt an alle ohne des gedachten Curators Zustimmung mit dem gedachten Detlef Bielfeldt etwa eingegangenen Rechtsgeschäfte als null und nichtig werden angesehen werden.

Heide, den 16. April 1842.

(L. S.)   Zur Beglaubigung: Germar.

▶ Curatel/Curator = Ein Vormund, ein Verwalter einer Stiftung.

Vor 14 Tagen ist ein großer grauer Hund mit gespaltener Nase und abgebrochenen Fangzähnen, der auf den Namen „Türk" hört, zwischen Brunsbüttel und Meldorf entlaufen. Sollte derselbe irgendwo angehalten seyn, so wird darum gebeten, ihn entweder im Dithmarscher Hause zu Marne oder im Posthause zu Meldorf abliefern zu lassen.

Verschiedene im I. Sem. 1840 und II. Sem. 1841 am Vorufer des Kronprinzenkoegs geborgene Strand-güter sollen

am Donnerstage den 2ten Juny d. J.

und zwar

Vormittags 9 Uhr,

bei dem Strandvogt Frenz Mohr im Kronprinzen-koeg, bestehend in einem Spitzpfahl und 2 Balken, und Vormittags 11 Uhr,

bei dem Strandvogt Hinrich Meyer im Kron-

▶ Diese Annonce wurde unvollständig gedruckt.

Mein bekannter Hengst Young Culos, kastanien-braun, mit Stern und 2 Paar weißen Füßen, deckt von jetzt bis Johannis d. J. wiederum bei meinem Schwager Thönßen in Groven, pr. Stute für 8 mℨ Court.

St. Annen, den 1sten Februar 1842.

J. Bartels.

Da die über die Wiederverpachtung der Jagd im Carolinenkoege abgehaltene Licitation nicht genehmigt worden, und auf Verfügung der Königl. Rentekammer eine zweite Licitation azbuhalten ist, so ist hiezu Termin auf Montag, den 22. August, Morgens 10 Uhr angesetzt und werden Jagdliebhaber geladen, sich am gedachten Tage zur bestimmten Zeit in hiesiger Landschreiberei einfinden zu wollen.

Königl. Landschreiberei zu Heide, den 13. August 1842.

Decker.

Auf der Landstraße von Meldorf nach Albersdorf soll über die Gieselaue eine neue steinerne Brücke erbaut werden, welche am 1. August 1843 als fertig abzuliefern ist. — Terminus zur Abhaltung einer desfälligen Licitation ist auf Montag den 12. September d. J. angesetzt, und werden diejenigen, welche Neigung haben, diesen Bau anzunehmen, aufgefordert, sich Morgens 11 Uhr in dem Hause des hiesigen Gastwirths Claus Groth einzufinden.

Albersdorf, den 17. August 1842.

Das Kirchspielscollegium.

Ein brauner Neufoundland-Hund ist beim Unterzeichneten zu verkaufen.

Meldorf, den 10. Januar 1843.

Meßner, Landvogteisecretair.

In der Nähe von Heide steht wegen Mangels an Raum ein gut erhaltenes **Fortepiano** in mahagoni Kasten zu dem Preise von 25 rℓℰ Cour. zum Verkauf. Das Nähere ist in der Expedition dieser Zeitung in Heide zu erfragen.

---

20 bis reichlich 30 Demat gute Ochsen-Weiden, stehen auf 1 Jahr zu verpachten, wo? erfährt man bey dem Buchhändler Herrn Pauly in Heide.

Dem geehrten Publikum mache ich die ergebene Anzeige, daß ich mehrere ganz neue und lakirte Stuhl: wagen zum Verkaufe fertig stehen habe.

Bruhn,
Maler in Heide.

Eine flochthaarige, braungefleckte, zur Jagd ab: gerichtete englische Hühnerhündin, 2 Jahre alt, steht zum Verkauf. Das Nähere erfährt man in der Expedition dieser Zeitung.

Der Schäferey auf Riese bei Heide ist ein frem: der Bock zugelaufen, welcher von dem rechtmäßigen Eigenthümer gegen Erstattung der Kosten daselbst abgeholt werden kann. Novbr. 1843.

Der Bote Johann Holmke aus Wöhrden kommt Donnerstags und Sonnabends in Heide, lo: girt bei P. Eggers am Markte und empfiehlt sich zu Bestellungen nach Wöhrden und der Umgegend bestens.

Die Einlieferungszeit zur Post ist täglich von 10 Uhr Vormittags bis 5½ Uhr Nachmittags.

Postamt zu Heide.

Oeffentliche Aufforderung.

Neuerdings sind im Kirchspiel Brunsbüttel am Moordeich, ungefähr 1 Fuß unter der Erde, Ueberreste eines menschlichen Skelets aufgefunden worden.

Die hiemit angestellte Untersuchung hat ergeben, daß dieses Gerippe wenigstens 15 bis 20 Jahre unter der Erde gelegen haben könne, und daß der einstige Inhaber desselben männlichen Geschlechts und 30 bis 40 Jahre alt gewesen sein müsse.

Da solchemnach die Vermuthung entsteht, daß an dem auf dem Moordeich hinführenden Fußsteige ein Mensch ermordet und eingescharrt worden ist, in hiesiger Gegend aber Niemand auf eine unerklärliche Weise verschwunden ist, so werden Alle und Jede, welche Mittheilungen hierüber machen können, zu öffentlichen Diensten hiedurch aufgefordert, solche der unterzeichneten Behörde zukommen zu lassen.

Süderdithmarsische Landvogtei zu Meldorf, den 1. August 1849.

Lempfert.

Büsum, den 13. Febr. 1850.

Heute Morgen 8 Uhr ward südwest von Büsum in der Nähe des Diekſander=Gatts ein im Eiſe ſitzendes Schiff (muthmaaßlich ein Kuffſchiff), bemerkt, welches die Nothflagge gehißt hatte. Von dem Strand= vogt Johannſen wurden ſofort 7 Seeleute zu Wagen nach Diekſand expedirt, um von da aus der Beman= nung des bedrängten Schiffes zu Hülfe zu kommen, und wenn möglich Schiff und Ladung zu bergen.

Auctions=Bekanntmachung.

Auf dem Hofe des unter gerichtliche Curatel geſtellten Hinrich Diederich Weſtphalen, am Barlter Neuendeich), ſoll am Donnerstage den 18. d. M. Vormittags 9 Uhr, das Inventarium deſſelben, be= ſtehend aus Pferden, Kühen, Jungvieh, circa 70 Stück Schaafen, Acker= und Baugeräth, Wagen, Pflügen, Eggen, Walze ꝛc., ſo wie allerlei Hausgeräth, unter den im Termin zu verleſenden Bedingungen, gericht= lich verkauft werden.

Kirchſpielvogtei zu Barlt, den 10. April 1850.

Heinſohn.

Büsumer Nordseebad.

Am 19. Juni wird das schon seit mehreren Jahren von vielen Badegästen besuchte Nordseebad wieder eröffnet. — Wegen Logis und sonstigem Erforderlichen wolle man sich gefälligst wenden an A. F. Jacobsen.

Büsum, den 12. Juni 1850.

Badezeit in Büsum.

Sonntag	den	23.	Juni	von	10 bis	2 Uhr,
Montag	=	24.	=	=	11 —	3 =
Dienstag	=	25.	=	=	11½ —	3½ =
Mittwoch	=	26.	=	=	12 —	4 =
Donnerstag	=	27.	=	=	12½ —	4½ =
Freitag	=	28.	=	=	1½ —	5½ =
Sonnabend	=	29.	=	=	2 —	6 =

Heide, den 23. März.

Beim Planiren eines nahe beim sogenannten Galgenberge, welcher, beiläufig gesagt, auch nichts anderes als ein Hünengrab ist, belegenen Grabhügels, sind in letzter Woche von dem Besitzer, dem Gerichtsdiener Trede mehrere Alterthümer gefunden, namentlich eine Streitaxt und mehrere von Feuerstein gefertigte Keile, von denen einer so scharf geschliffen war, daß er Papier schneidet. In der Nähe dieser tausendjährigen Dinge fanden sich Holzkohlen, vielleicht von demjenigen Holze, welches zur Verbrennung der Ueberreste des alten Kämpen gedient hat.

Von Seiten derjenigen Damen, welche in diesem Blatte zur Einlieferung von Strümpfen aufgefordert haben, wird den Betheiligten hiedurch zur Anzeige gebracht, daß in diesen Tagen eine erste Sendung, bestehend aus 95 Paar Socken und 2 Unterjacken, an das 11. Bataillon abgesandt worden ist. Mit dieser Nachricht wird die Bitte verbunden, durch fernere Lieferungen zu einer zweiten Sendung recht bald in den Stand zu setzen.

Heide, den 5. December 1850.

Badezeit in Büsum.

In der nächsten Woche kann gebadet werden:
Sonntag d.15. Juli Vor= u. Nachmittags v. 5 Uhr an.
Montag d.16. = = = = = 6 = =
Dienstag d.17. = = = = = 7 = =
Mittwoch den 18. Juli Vormittags von 8 = =
Donnerstag = 19. = = = 9 = =
Freitag = 20. = = = 10 = =
Sonnabend = 21. = = = 11 = =
und zwar währet die Badezeit in der Regel 3 Stun=
den täglich. Der Fuhrmann Steffens ist erbötig,
Badegäste von Heide nach Büsum zum festen Preise
von 1 m̄ Cour. à Person zu befördern und fährt vom
landschaftlichen Hause ab jeden Sonntag Vormittags
8 Uhr; an anderen Tagen der nächsten Woche ver=
pflichtet er sich jedoch vorläufig nur dann zu fahren,
wenn wenigstens 4 Mitreisende sich finden.

Verkauf von Strandgütern.

Am Mittewochen den 3. April d. J. sollen die aus dem holländischen Schiffe „Geziena Jantina" am Vorstrande der Landschaft Norderdithmarschen bei Büsum annoch geborgenen

130 Stück Käse, zusammen an Gewicht 1560 ℔,
29 Anker Anchovis à 112 ℔,
425 ℔ Rohzucker

öffentlich meistbietend gegen baare Zahlung oder unter Stellung eines Bürgen auf sechswöchentlichen Credit verkauft werden, und werden Kaufliebhaber daher aufgefordert, am gedachten Tage Morgens 10 Uhr im Hause des Strandvogts, Vollmachts Johannsen in Büsum sich einfinden zu wollen.

Norderdithmarscher Landschreiberei zu Heide, den 23. März 1850.   D e c k e r.

▶ Anchovis = Sardellen

Für die in dem Armenblock zu Norden bei der hiesigen Kirche vorgefundenen 7 preuß. Thalerstücke sagen wir den milden Gebern herzlichen Dank.
Heide, den 5. December 1852.
        S c h e t e l i g.   G o t t s c h a u.

Abschiedsgruß
an meine Mitbürger!

Die Ereignisse des verflossenen Jahres lassen mich nicht länger im Vaterlande weilen und die Stunde der Trennung ist gekommen! Das Herz ist mir zu schwer, um persönlich von allen Freunden und Bekannten Abschied zu nehmen. Empfangen Sie daher theuerste Mitbürger, durch dieses Blatt den letzten Abschiedsgruß, den aufrichtigsten Dank für die Freundschaft, welche Sie so viele Jahre mir bewiesen, für das Vertrauen, welches Sie mir in meinem amtlichen Wirken geschenkt, für die vielfache und thätige Theilnahme, durch die sie die schweren Schicksalsschläge des letzten Jahres mir erleichterten! Möge Gott es Ihnen vergelten! Möge es Ihnen wohl gehen, möge Ruhe und Frieden, Recht und Ordnung im theuren Vaterlande herrschen! Leben Sie wohl!

Heide, den 31. Januar 1853.

Boysen.

Der Jurist Paul Johann Friedrich Boysen (1803-1886)
war geborener Heider und ein sehr guter Freund der
Dichterin Sophie Dethleffs.
Ab 1828 war er 10 Jahre als Kirchspielsvogt und
Kirchspielsschreiber in Büsum tätig.
Ab 1838 fungierte er als Landvogt in Heide.
Durch seine überragenden Leistungen und Fähigkeiten
wurde er während der „Schleswig-Holsteinischen Erhe-
bung" nach Kiel berufen. Dort übernahm er 1851
das Ministerium des Inneren. Einige Zeit unterstand
ihm dort das Departement des Krieges.
1852 wurde er von der dänischen Regierung auch
als Landvogt abgesetzt und musste seine Heimat verlassen.
Er ließ sich in Hildesheim nieder und wurde dort nach
kurzer Zeit Bürgermeister, dann Oberbürgermeister.
In Heide wurde ihm bis heute trotz seiner unzähligen
Verdienste keinerlei Anerkennung zuteil.

Wegebau Kattrepel-Neufeld.

Bekanntmachung.

Behufs Erbauung einer Grandchaussee zwischen Kattrepel und Neufeld wird der vorhandene Weg bis weiter abgesperrt, und die Communication mit dem Neufelder Hafen durch die Wege über Mühlenstraßen und Westerdeich vermittelt, welches hiermit zur öffentlichen Kunde gebracht wird.

Wegeinspection zu Itzehoe, den 2. April 1853.

Jessen.

Ich bin gewilligt meine Marktbude und meine festen Plätze, einen in Marne, einen zu St. Michaelis Donn, zum diesjährigen Marner Frühjahrsmarkt unter der Hand zu verkaufen. Käufer können sich beim Buchbinder Schmidt in Marne einfinden.

Brunsbüttel, den 13. April 1853.

J. F. Nüntermann.

Als Ertrag der am hiesigen Orte zum Besten der Nothleidenden durch die Cholera in Kopenhagen veranstalteten Sammlung hat die Summe von 227 ⱨ 8 β abgesandt werden können.

Heide, den 14. September 1853.

Schetelig.

Mobiliar=Auction.

Das hier verbliebene Mobiliar des Herrn Land=vogts, jetzigen Bürgermeisters Boysen in Hildes=heim, bestehend in Commoden, Schränken, unter denen 2 antike eichene mit schönem Schnitz=werk reich verziert, Tischen, darunter ein großer Auszichtisch, Sophas, Lehn= und sonstigen Stühlen, Spiegeln, Lampen, Gipsbüsten, Kupferstichen und sonstigem Haus= und Küchengeräth, so wie Comtoir=utensilien aller Art, soll Montag, den 21. März d. J. und folgende Tage von Morgens 9 Uhr an öffentlich meistbietend durch Unterzeichneten verkauft werden.

Kaufliebhaber werden daher ersucht, zur besagten Zeit im Hause des Herrn Bürgermeisters Boysen zu Süden am Markt in Heide sich einzufinden.

Heide, den 25. Februar 1853.

Volquarts.

Für einen jungen Gold- und Silber-Arbeiter

bietet sich Gelegenheit zu einem vortheilhaften Ankauf des erforderlichen Werkgeräthes, indem durch Sterbefall eine ältere Werkstatt vacant geworden ist und die Erben gewilligt sind unter billigen Bedingungen das sämmtliche Geräthe unter der Hand zu verkaufen. Kaufliebhaber wenden sich an den Unterzeichneten. Die zu derselben Erbmasse gehörenden

sämmtlichen Gold- und Silberwaaren

sollen am 15. und 16. April

in öffentlicher Auction im Locale des Herrn Burmeister hieselbst versteigert werden.

Heide, den 31. März 1857.

C. Pauly.

Zur Nachricht.

Bei Unterzeichneten steht eine Parthie Fässer (2½ Oxhoft groß) zum Wasserfahren und andern Zwecken passend, gut und preiswürdig zu kaufen.

Riese bei Heide, Novbr. 1857.

Gebr. Steinthal.

Privatschule.

Unterzeichneter beabsichtigt zum 1. Oct. d. J. eine Privatschule hieselbst zu eröffnen und ersucht diejenigen Aeltern, welche geneigt sein möchten ihre Kinder ihm anzuvertrauen sich ehestens des Näheren wegen bei ihm gefälligst melden zu wollen.

Heide, den 2. September 1857.

H. Möller, Lehrer.

Die in Urweide liegenden Ländereien des König=
Christian=Koegs von 501 Morgen Größe, sind zu=
folge Verfügung des Königlichen Ministeriums für
die Herzogthümer Holstein und Lauenburg mittelst
öffentlicher Licitation zur Benutzung als Weide für
die Zeit vom 1. April bis Martini d. J. parcelen=
weise zu verpachten.

Die Pachtliebhaber werden daher aufgefordert sich
hiezu in dem auf

Donnerstag den 5ten Februar d. J.

Vormittags 10 Uhr angesetzten Termin im Hause des
Gastwirths Wilkerling hieselbst einzufinden.

Königliche Landschreiberei zu Meldorf den 10.
Januar 1857.

Schnepel.

100

Bekanntmachung.

In der Nacht vom 29. — 30. d. Mts. ist eine rothbunte Kuh mit weißbuntem Kopf von der unter Aufsicht des Peter Barharn stehenden Weide in Coldenbüttler Herrnhallig abhanden gekommen und vermuthlich gestohlen. Die verehrlichen Polizeibehörden werden ergebenst ersucht auf diese Kuh und ihren verdächtigen Besitzer vigiliren, dieselben im Betretungsfalle anhalten zu lassen und der unterzeichneten Stallerschaft davon Mittheilung zu machen, damit der eventuelle Arrestat von hier aus unter Kostenerstattung abgeholt und die Entgegennahme der Kuh durch den Aufsichtsmann Barharn nach gehöriger Recognition veranlaßt werden kann.
Stallerschaft zu Garding den 31. Octbr. 1866.
Mannhardt, const.

Bekanntmachung.

Zufolge Circulairs der Norderdithmarscher Landvogtei vom 28 d. M. wird hierdurch zur öffentlichen
Kunde gebracht, daß der Apotheker Sönnichsen, der
Thierarzt Luckmann und der Uhrmacher Johannes
Schober in Heide, nach geschehener Beeidigung, zur
Untersuchung der Schweine auf Trichinen autorisirt
worden sind, auch der Herr Dr. Hartmann sich
bereit erklärt hat die fraglichen Untersuchungen vor-
zunehmen.

Kirchspielvogtei zu Heide den 30. Juni 1866.

Dührsen

Dankſagung!

Im Namen und auf Wunſch unſerer Tochter Henriette, welche vor 4 Wochen durch die

Amerikaniſche Emigranten-Compagnie

von Hamburg über Hull nach Davenport laut brief= licher Anzeige zu ihrer vollen Zufriedenheit expedirt worden iſt, unterlaſſen wir nicht dieſer Compagnie unſern Dank auszuſprechen für die Zuvorkommenheit die auf der ganzen Reiſe, ſowohl von Seiten des Schiffsagenten, als auch des Agenten in Hull, unſerer Tochter zu Theil geworden iſt. Wir glauben hiermit jedes aufgetauchte Vorurtheil und jede Verdächtigung von dieſer neu entſtandenen Compagnie abzuwenden und freuen uns, dieſelbe allen Auswanderern em= pfehlen zu können.

Heide, Juli 1867.

W. Berlien und Frau.

Bekanntmachung.

Nach Anzeige des Thierarztes Luckmann in Heide ist ein der Wittwe Paustian in Heide gehöriger Hund, welcher mit der Tollwuth behaftet gewesen, gestorben.

In dieser Veranlassung wird unter Bezugnahme auf die Bekanntmachung der Holsteinischen Landesregierung vom 22. Novbr. 1865 zur öffentlichen Kunde gebracht, daß bis weiter sämmtliche Hunde entweder an die Kette zu legen, oder an der Leine zu führen, oder mit Maulkörben zu versehen sind, und alle umherlaufenden Hunde, bei denen nicht eine dieser Sicherheitsmaaßregeln beobachtet ist, sofort zu tödten sind, bei Vermeidung einer Gefängnißstrafe von 8 Tagen bis 4 Wochen, oder einer Geldstrafe von 16 Thalern bis 120 Thaler.

Königl. Kirchspielvogtei zu Heide den 31. Janr. 1868.

Dührsen.

Bekanntmachung.

Am 1. Februar 1869 und ff. Tagen soll daß zur Nachlaßmasse des Handelsmannes Reimer Hargens weil. in Süderdeich bei Wesselburen gehörende Waarenlager, bestehend aus Wollen-, Baumwollen-, Seiden-, s. g. holländischen und anderen Waaren, in öffentlicher Auction gerichtlich meistbietend gegen contante Bezahlung oder den Umständen nach auf 7 monatlichen Credit unter den in termino zu verlesenden Bedingungen verkauft werden.

Kaufliebhaber wollen sich am gedachten Tage Vormittags 10 Uhr im Locale des Gastwirths Paul Timm (Schweizer-Halle) hieselbst einfinden.

Bemerkt wird noch, daß mit dem Verkauf von
„Kleiderstoffen"
der Anfang gemacht wird.

Wesselburen den 11. Jan. 1869.
Königliches Amtsgericht
Wiencke.

Bekanntmachung.

Vom 1. April d. J. ab geht die Privat-Personen-Beförderungs-Gelegenheit zwischen Heide und Hennstedt, mit welcher Postsendungen aller Art befördert werden, aus Heide 5 Uhr früh

aus Hennstedt 4 Uhr Nachmittags

ab und beträgt die Beförderungszeit 2½ Stunden.
Kiel, den 24. März 1869.

Der Ober-Post-Director.

Concurs-Proclam.

Von Gerichtswegen wird den sämmtlichen nicht protocollirten Creditoren des wail. Schusters Johann Friedrich Landberg in Feddringen, über dessen Nachlaß definitiv Concurs erkannt worden, hiedurch aufgegeben, ihre Forderungen und Ansprüche an den gedachten Nachlaß innerhalb 6 Wochen, von der letzten Bekanntmachung dieses Proclams angerechnet, bei Vermeidung der Ausschließung von der Concursmasse, in dem unterzeichneten Amtsgericht gehörig anzumelden.
Heide, den 26. Juli 1869.
Königliches Amtsgericht, Abtheilung I.

Eißen.

Erbschafts-Proclam.

Alle und Jede, welche an die wegen Abwesenheit eines Erben in gerichtliche Behandlung genommene Nachlaßmasse des am 7. December 1862 verstorbenen Schiffers Jacob Hinrich Christian Kreßmann in Delve nicht protocollirte Erb- oder sonstige Ansprüche und Forderungen zu haben vermeinen, werden aufgefordert, selbige bei Vermeidung der Ausschließung von dieser Masse innerhalb 12 Wochen, angerechnet von der letzten Bekanntmachung dieses Proclams, auf dem unterzeichneten Amtsgerichte anzumelden.

Heide, den 31. Mai 1869.
Königliches Amts-Gericht,
Abtheilung II.
Scholtz.

Nach
New-york
und
Australien
befördern wir Passagiere
zu ermässigten Preisen
pr. Post-Dampf- und Segelschiffe
wöchentlich 3mal via England.

Morris & Co.,
Hamburg. Baumwall No. 6.
obrigkeitlich concessionirte Passagier-Expedienten.
Respectable Leute, die die Agentur übernehmen
wollen, belieben sich an uns zu wenden.

Morris & Co.,
Hamburg.

In der Schütt'schen Concurssache sollen am
Dienstag, den 15. März 1870,
Vormittags 11 Uhr,
zu Rathmanns-Mehde verschiedene Gegenstände als
unter Anderem:

1 Sopha, mehrere Stühle, 1 Wanduhr, 2 Spiegel,
2 Tische, verschiedenes Küchengeräth, 4 Fuder
Stroh u. s. w.,

öffentlich an den Meistbietenden gegen gleich baare
Bezahlung durch den Unterzeichneten gerichtlich ver=
kauft werden.

Lunden, den 5. März 1870.

Zimmermann,
Auctions = Commissar.

Verloren!

Von der Meldorfer Chaussee bis Heide ist Sonntag
ein Notenbuch verloren. Der Finder wird gebeten,
selbiges gegen Belohnung in

Blunck's Etablissement

abzugeben.

▶ Bluncks Etablissement = Das Tivoli in Heide

109

Bekanntmachung.

Am Freitag, den 10. Febr. d. J.,
Vormittags 11 Uhr
sollen in der Wohnung des Strandvogts Vollmachts
Johannsen in Büsum 46,410 Pfund unbeschädigte
und 2500 Pfund beschädigte, aus dem gestrandeten
Ewer „Johanna" geborgene Dotterkuchen öffentlich an den Meistbietenden verkauft werden.

Wesselburen, den 3. Febr. 1871.
Die Königl. Kirchspielvogtei.
J. Ottens.

▶ Dotterkuchen = Vermutlich war bei dieser Schiffsladung ein
Tierfutter gemeint.
Nachdem aus dem Leindotter (eine uralte ölhaltige Nutzpflanze)
das Öl herausgepresst war, wurde die verbliebene fest gepresste
Masse Leindotter-Presskuchen genannt.
Aber es gab auch einen anderen Dotterkuchen, dessen wichtigste
Zutat hart gekochte Eidotter waren.
Im 19. Jahrhundert gab es dafür verschiedene Rezepte.
Zum Beispiel aus dem Jahr 1839.
5 Lot (ein Löffel) Butter
3 gekochte Dotter
2 Lot gestoßene Butter
2 Lot geriebenen Biskuit
1 Lot Mehl
Diese angegebene Menge ergibt einen sehr kleinen Kuchen.

110

Die zur Nachlaßmasse des verstorbenen Buchbin-
ders Johann Marquardsen wail. in Lunden gehörigen Gegenstände, als namentlich:

sämmtliche Geschäftsgeräthschaften, worunter
eine große Preßmaschine mit eisernen Walzen,
eine Leihbibliothek, ca. 1700 Bände stark,
2 große Bücherrepositorien,
Geschäfts-Erzeugnisse, Waaren-Vorräthe, sowie
Mobilien, Haus- und Küchengeräthschaften,

sollen am

Donnerstag, den 10. August 1871,
Vormittags 9 Uhr,

und event. am folgenden Tage, in öffentlicher
Auction gegen baare Bezahlung an den Meistbietenden verkauft werden, wozu Kaufliebhaber mit dem
Bemerken eingeladen werden, sich rechtzeitig an Ort
und Stelle einzufinden.

Lunden, den 19. Juli 1871.
Königliches Amtsgericht.
Claussen.
Auctions-Commissar.

Der diesjährige Gras= und Rethwuchs im **großen**
und **kleinen Weddingstedter** See soll
am **Sonnabend, den 1. April c., Nachm. 4 Uhr,**
im Claussen'schen Gasthofe zu **Weddingstedt** an
den Meistbietenden verpachtet werden.
Heide, den 23. März 1871.
Königl. Kirchspielvogtei.
Madlung.

Bekanntmachung.

In der Nacht vom 19. zum 20. d. M. sind bei
Nordfeld zwei, dem Landmann Hans Thiessen zu
Nordheistedt gehörige Schaafe von der Weide ge=
stohlen worden. Beide Schaafe, von denen das eine
einen kurzen, das andere einen langen Schwanz hatte,
waren durch eine eiserne Stange mit einander ver=
bunden. Um Beihülfe zur Ermittelung des Thäters
wird ersucht.
Itzehoe, den 25. Octbr. 1873.
Der Staatsanwalt.

VERANSTALTUNGEN

...waren im 19. Jahrhundert eine willkommene Abwechslung.
Egal ob zum Tanz, Theater, Zirkus, Ringreiten, Pferdemarkt oder
zu öffentlichen Feierlichkeiten geladen wurde.
Mit Familienangehörigen oder Bekannten wurden die angebote-
nen Darbietungen besucht um den Alltag einmal zu vergessen.

Unterzeichneter bringt hiemit zur öffentlichen Kunde, daß am Sonntage, den 17ten Juli d. J., Nachmittags von 6 bis 8 Uhr mit Harmonie- und von 8 bis 10 Uhr mit Tanz-Musik in seinem Garten aufgewartet werde, und ladet zugleich ein verehrliches Publicum zur gefälligen Theilnahme ein, mit dem Bemerken, daß er für die statutengemäße Einführung auswärtiger Herren und Damen, in die, übrigens aus Abonnenten des Kirchspiels Wesselburen bestehende, Gesellschaft Sorge zu tragen bereit sei.

Wesselburen, den 15ten Juni 1836.

J. J. Bissen, Gärtner.

Bekanntmachung.

Am 29sten und 30sten July findet hieselbst ein Vogelschießen statt, wobey an beyden Tagen für Harmoniemusik und Abends für Tanzmusik gesorgt ist.

Hiezu laden ergebenst ein

Schneider & Stockfleth.

Meldorf, den 23. July 1838.

Es wird hiedurch bekannt gemacht, daß das Ring=
reiten in H e i d e am Mittwoch, den 18ten Juli,
Statt finden wird.
Heide, den 11ten Juli 1838.

Unterzeichneter bringt hiedurch zur öffentlichen Kun=
de, daß am Sonntage den 12. August d. J., Abends
von 6 bis 8 Uhr in seinem Garten mit H a r m o n i e=
und von 8 bis 10 Uhr in seinem Saale mit T a n z=
Musik aufgewartet werde, wozu er ein verehrliches
Publicum zugleich ergebenst einladet, unter dem Be=
merken, daß, falls die Witterung es zulasse, alsdann
gleichfalls eine I l l u m i n a t i o n seines Gartens statt
finde. Wesselburen, den 27. Juli 1838.

J. J. Bissen, Gärtner.

Das Füllen= und Pferdemarkt,

welches fortan jährlich auf Kreuzerhöhung, am 14ten Septbr., allhie statt finden wird, wovon aber die Anzeige in dem Verzeichniß der Jahrmärkte im diesjährigen Schlesw. Holst. Kalender nicht hat aufgenommen werden können, wird selbstverständlich auch diesen Herbst, den 14. Septbr., verbunden mit dem Krammarkt, gehalten werden. Indem voriges Jahr dieses Füllen= und Pferdemarkt, zum Erstenmal gehalten, sowohl von Käufern als Verkäufern s e h r st a r k besucht war, so möge diese Bekanntmachung den Beikommenden zur Erinnerung dienen.

Meldorf, den 8ten August 1838.

Kluge. Tiedemann.
Fleckensvorsteher.

116

Theater in Heide,

im neuerbauten Locale bei Herrn Wilde
am Markt.

Jeden Sonntag, Dienstag, Donnerstag und Freitag
Vorstellungen.

Bei meinem kurzen Aufenthalt hieselbst erlaube ich
mir, ein geehrtes Publicum ergebenst einzuladen,
und bemerke, daß nur neue und interessante
Stücke zur Aufführung kommen.

Heide, den 21sten August 1813.

L. Huber, Director.

Sackmann's Darsteller-Jubiläum.

Unterzeichneter genießt das seltene Glück, den Tag an welchem er vor 30 Jahren seine theatralische Laufbahn in Heide begonnen, am Montage den 7. d. M. und zwar wieder in dem ihm so werth gewordenen Heide erleben zu dürfen. Herr Director Agte hat sich veranlaßt gefühlt, ihm denselben zu einer Benefiz-Vorstellung einzuräumen, und so wagt der Unterzeichnete nunmehr, im Vertrauen auf das ihm, bei seinem mehrfachen hiesigen Aufenthalte, so gütig und nachsichtsvoll erwiesene Wohlwollen, ein hochgeschätztes Publicum zu einem recht zahlreichen Besuche seiner am nächsten Montage stattfindenden

Jubiläums-Benefiz-Vorstellung

höflichst und ergebenst einzuladen.

Hochachtungsvoll

Heide, den 6. Decbr. 1857.

T. Sackmann,

Regisseur d. hiesigen Bühne.

Vorläufige Kunst-Anzeige.

Die akrobatisch-athletische und plastische Gesellschaft, bestehend aus Herren und Damen vom Ungarischen National-Theater in Pesth, unter Leitung des Herrn Joannowitz, wird im Laufe einer kurzen Zeit in Heide eintreffen und Vorstellungen geben, worüber das Nähere bekannt gemacht werden wird.

H. Goldkette.

Zum 23. Juni d. J., als zum 7ten Jahrestag der Stiftung des Heider Enthaltsamkeitvereins, Nachmittags 4 Uhr, ladet hiedurch nicht nur alle Mitglieder des Vereins, sondern auch alle Freunde der Mäßigkeitssache überhaupt, sowohl auswärtige als einheimische, zur gefälligen Theilnahme an der Versammlung im Schölermannschen Saale ergebenst ein

der Vorstand
des Heider Enthaltsamkeitvereins.

Heute Freitag und morgen Sonnabend von 10 Uhr Vormittags bis Abends 5 Uhr wird in der Bude auf dem Marktplatz in Heide die Menagerie von

zwei großen asiatischen Löwen, Königsschlange, Affen 2c.

gezeigt.

Entre à Person 4 ß.,
Kinder unter 10 Jahren 2 ß.

Lipard.

Montag ist die Menagerie in Tönning zu sehen.

Anzeige.

Die Uebersiedelung des „Turnvereins zu Heide" nach dem von Herrn **Blunck** gemietheten Locale, wird am **Dienstage, den 2. October, Nachmittags** Statt finden. Nach einem **um 2 Uhr** im bisherigen Locale (Coloffeum) beginnenden **Uebungsturnen** wird der **Umzug um 4 Uhr** geschehen, und nach einigen zur Einweihung des neuen **Turnplatzes nebst Turnhalle** gesprochenen Worten alsdann der **Anfang des Unterrichts** daselbst beginnen und eine Stunde währen.

Alle verehrlichen Mitglieder des Vereins werden gebeten, sich, das Vereinsband tragend, dem Zuge anzuschließen.

Heide, den 20. Sept. 1860.

A. F. Thomsen, Dr. phil.
z. Z. Wortführer.

► Am Sonntage bei irgend günstiger Witterung:
Große Vorstellung auf dem Marktplatze zu Heide von der
Gesellschaft des jungen Athleten Lion Veit aus Dresden,
wobei die Besteigung des hohen Thurmseiles Statt findet.
Mstr. Henry wird dasselbe mit verbundenen Augen besteigen.
Aufgeführ wird unter Anderem auch der fliegende Mensch u. v. m.
Anfang präcise 4 Uhr.
Abends 8 Uhr: Große brillante Vorstellung im „Collosseum"
Zum Schluß der Abendvorstellung: Eine heroische Pantomime.
– Alles nähere die Zettel. Montagabend letzte Vorstellung.
Hochachtungsvoll Lion Veith, Director,
früher Königl. Sächsischer Jäger.

Colosseum.

akrobatisch gymnastische und mimische

Vorstellungen der Gesellschaft Goldkette und der Kautschukdame Padowany.

Am Sonntag den den 25. März wird sich die genannte Gesellschaft auf dem Marktplatze

in Seiltanz, auf dem Schwungseil und in Pferdedressur produciren.

► Das „Colosseum" war das spätere „Stadttheater" in der Heider Rosenstraße.

WERBUNG

•••••••••••••

Können Sie sich einen Tag ohne Werbung vorstellen?
Egal auf welcher Plattform, wir registrieren Werbung ob wir
wollen oder nicht.
Das war im 19. Jahrhundert ganz anders. Von "Mund zu Mund"
wurde Neues verbreitet. In der Zeitung, die einmal in der Woche
erschien, erfolgte Werbung zunächst zögerlich, bis diese
Verbreitungsform stetig zunahm. Ob ein Zahnarzt seine Durch-
reise ankündigte, ein Rechtsanwalt sich niederließ,
eine Schneiderin ihre Fähigkeiten anpries oder für neue Tapeten
geworben wurde.
Bunt gemischt geht es durch die Jahrzehnte und wir dürfen
teilhaben an der Vielfalt der Angebote.

Diefe Stahlfedern

neuerfundener Maffe

find als die beften und wohlfeilften anerkannt und
in 20 Sorten, von 3 ß bis zu 4 mß das Dußend,
bei Hrn. Pauly in Heide zu haben.

Hamburg,   Schuberth & Niemeyer.

Mit recht gutem Bier-Essig zu billigem Preise empfiehlt sich   P. M. Brandt.

Heide, den 18. September 1832.

Unterzeichneter erlaubt sich, dem geehrten Publico die Eröffnung seines

neuen Gewürzladens

anzuzeigen und denselben, wie nachfolgende, stets bei ihm vorräthige Artikel bestens zu empfehlen:

Vanille-Chocolate, Vanillestangen, Carry, Succade, eingem. Ingber, Champignons, Pfeffermünz-kuchen, gebrannte Mandeln, Soja, Magenschnapps, Punschextract, eau de Cologne, double und einfache, schwarze und rothe Dinte, flaschenweise; Mandel-Transparent- und Windsor-Seife, wohlriechende Oele, unauslöschliche Wäschtinktur, chemische Schwefelhölzer ꝛc.

Heide im Octbr. 1832.   O. H. Broagger.

Weihnacht: und Neujahrsgeschenke.

Sämmtliche neue Kinderschriften sowie eine Auswahl der besseren älteren alle für 1833 erschienenen Taschenbücher, verschiedene Gesellschaftspiele, neue Stickmusterbücher, viele neue Musicalien, verschiedene Atlanten und einzelne Karten wie sämmtliche hier gebräuchliche Schulbücher sind bei mir vorräthig, und erlaube ich mir diese Gegenstände zu obigem Zweck bestens zu empfehlen.

Heide, den 24sten November 1832.

Dithmarscher Buchhandlung
von F. Pauly.

Der Unterzeichnete empfiehlt sich mit verschiedenen Sorten Lackfirniß, als Copal, Bernstein Oehl: und Goldfirniß, sowohl super fin als in geringeren Sorten; ebenfalls verkauft derselbe feine und ordinaire präparirte Malerfarben, alles zu den billigsten Preisen. Heide, im Juli 1833.

Hose, Maler.

In Beziehung auf frühere Bekanntmachungen hinsichtlich ausländischer Oefen, empfehle ich mich ferner mit diesem Article. Nicht allein der gefundene gute Absatz, sondern auch die Zufriedenheit der Käufer, veranlaßt mich zu dieser abermaligen Anzeige.

Meldorf, den 16ten März 1834.

Nic. Hansen.

Eine Auswahl der modernsten und schönsten Tapeten, zu den Preisen von 12 ß bis 3 mß das Stück, ist bei mir vorräthig und empfehle ich dieselbe geehrten Gönnern und Freunden bestens.

Mit einer Auswahl der modernsten und schönsten Tapeten, zu den Preisen von 12 ß bis 5 mß das Stück, empfiehlt sich seinen geehrten Freunden und Gönnern bestens

P. H. Kock, Buchbinder.

Meldorf, den 15ten April 1834.

Daß vom heutigen Tage an das Geschäft der hiesigen Königl. privilegirten Apotheke für meine Rechnung geht, beehre ich mich hiedurch anzuzeigen.

Wesselburen, den 1sten May 1834.

F. O. H. Polemann.

Um Aufzuräumen stehen bei mir Unterzeichnetem eine Partei schöner Brandsteine zu dem billigen Preise von 5 mß 8 ß bis 6 mß pr. Tausend, so wie auch Bleichsteine zu 3 bis 4 mß. Kaufliebhaber werden ersucht sich ehestens deswegen an mich zu wenden.

Heide, den 30sten April 1834.

G. T. Berg.

Die in hiesiger Gegend gebräuchlichen Pflüge verfertige ich dauerhaft und gut und empfehle mich, namentlich den Einwohnern Heides, mit meiner Arbeit bestens, indem ich eine reelle und billige Bedienung zusichere. An den Sonnabenden werde ich im Hause des Herrn Kaufmann Horstmann in Heide mich einfinden und etwanige Bestellungen mit Vergnügen entgegennehmen.

Wildpfahl, den 17ten May 1834.

Claus Dethlef Siemsen,
Pflugmacher.

Michel Isaak's Wittwe,
Friseurin in Heide,

empfiehlt sich mit allen Arten moderner Haarlocken, Pariser Drathlocken, Haar-Blumen, Tiré-, Bou-jon-Locken auf Drath, Blumen-Locken, Scheitel-touren verschiedener Art, Stirn- und Kopfflechten, Herrenparücken und Platten mit und ohne Medali-quen; auch frisirt, ändert und putzt sie alte Haar- und Seidenlocken wieder auf, und verspricht zugleich die billigste Behandlung und prompteste Bedienung.

Die Eröffnung meiner, in der Norderstraße, im ehemaligen Griesbach'schen Hause eingerichteten Ge-würzwaaren-Handlung, erlaube ich mir auf diesem Wege zur Kunde des geehrten Publicums zu bringen.

Indem ich für das mir bisher, unter der Firma Schultz & Hülß, die mit dem 1sten November auf-gehört, geschenkte Zutrauen verbindlichst danke, er-bitte ich mir ein Gleiches beym Beginnen meines neu-en Etablissements, was ich durch prompte und reelle Handlungsweise mir zu erhalten suchen werde.

Heide, den 4ten November 1835.

Joh. Christ. Schultz.

130

Ich logire im Hause meines Vaters in der Süderstraße. Meldorf, den 6ten Januar 1836.

M. M. Cohen, Dr.

Echter holländischer Käse ist zu haben bey
H. Siessenbüttel in Meldorf.

Mit einer neuen Auswahl moderner und geschmackvoller Tapeten und Borden, zu dem Preise von 10 ß
an aufwärts, empfiehlt sich der Unterzeichnete bestens;
auch hat derselbe einen neuen Chaisenstuhl zum Verkauf fertig stehen.

Heide, im Februar 1836.

F. Methmann.

Ein gut conservirtes Orchester für fünf Musici steht
unter der Hand bei Unterzeichneten zum Verkaufe.
Meldorf, den 8ten März 1836.

Nic. Hansen.

(Anzeige.) Daß ich jetzt im Hause der Wittwe des verstorbenen Kupferschmidts P. Wallen zu Süden am Markte hieselbst wohne, habe ich meinen geehrten Freunden und Gönnern hiermittelst anzeigen wollen, mit der Bitte, mich auch hier mit Ihrem gütigen Zuspruche beehren zu wollen.

Heide, den 8ten Mai 1836.

B. Jensen, Uhrmacher.

Empfehlung.

Unter dem Versprechen reeller und billiger Behandlung empfiehlt sich bestens als Färber und Drucker

Heide, d. 1. May 1836. E. J. J. Hesch
auf dem Schumacherort.

Einem geehrten Publico die ergebenste Anzeige, daß ich, vielseitig aufgefordert, auf's Neue meine Reise angetreten und in Kurzem in Heide eintreffen werde. Adressen ersuche ich bei dem Gastwirth Herrn Zimmermann gefälligst einreichen zu lassen.

Jacoby, Zahnarzt.

Kunſt = Anzeige.

Ein junger Portrait = Maler, welcher ſehr glücklich im Treffen, empfiehlt ſich dem geehrten Publicum ge= gen billiges Honorar beſtens. Derſelbe reſtaurirt auch alte Gemälde beſtens.

Logirt in Heide bei dem Herrn Bäcker und Gaſt= wirth Schrieber.

Daß unſere ſeit 22 Jahren beſtehende Geſchäfts= verbindung, ſowol wegen Maurerarbeiten, als Han= del mit Baumaterialien, mit Ende dieſes Jahres freundſchaftlich getrennt, und vom 1. Januar 1837 an jeder für ſich obgedachte Geſchäfte fortſetzen werde, wird hiedurch zur allgemeinen Kunde gebracht.

Heide, den 18ten December 1836.

C. H. Tietz.
D. W. Tietz.

Die Unterzeichneten ermangeln nicht, hiedurch die ergebene Anzeige zu machen, daß sie mit einem vollständigen Lager der auf der Carlshütte bei Rendsburg verfertigten Gußeisenwaaren für die Landschaft Süderdithmarschen versehen sind. Alle Erzeugnisse dieser vaterländischen Fabrik sind bei uns für den Fabrikpreis zu haben, und werden Bestellungen aller Art für dieselbe bei uns entgegen genommen.

Meldorf, den 13ten Mai 1838.

Lahann & Wollesen.

Mit einer reichen Auswahl geschmackvoller neuer Tapeten und Borden empfiehlt sich der Unterzeichnete. Auch hat derselbe mehrere neue lackirte Wagenstühle und ein schwarz lackirtes Kumpengeschirr zum Verkauf vorräthig. Heide, den 6. März 1839.

F. Methmann, Sattler u. Tapezierer.

Stahl=schreibfedern,

neuerfundener Maſſe,

anerkannt als die beſten und preiswürdigſten, die der erfinderiſche Geiſt bis jetzt ſchaffte, für jede Hand und Schrift brauchbar.

Eben ſind davon wieder angekommen (Stück für Stück approbirt):

Lord's pens, in zwei Sorten, zum Schönſchreiben, pr. Duß 12 ß,

Ladies' pens, zum Klein=Schönſchreiben ⫶ 8 u. 12 ß,

Kaiſerfedern, die vollkommenſten . . ⫶ 1 mß 12 ß,

Napoleon's pens, Rieſenfedern,

prima Qual. pr. Karte 2 mß,

secunda ⫶ ⫶ ⫶ 1 mß.

Sämmtlich mit angeſchliffenen Spitzen — übertreffen alles bisher zu Tage Gefördert. Wohlfeile Sorten, zu 4 ß und mehr, ſind ebenfalls vorräthig in Heide bei   F. Pauly.

Hamburg.   Schuberth & Niemeyer.

Zu haben bei Pauly in Heide:

Leitfaden zum Unterricht in der deutschen Sprache, Orthographie und Interpunction,

vorzüglich für Schulen, von Burchardi, Prediger, früher Rector in Itzehoe. Preis 160 Seiten stark geb. 1 m₰.

Dies Werkchen zeichnet sich durch Gründlichkeit, Faßlichkeit und eine weise Auswahl des Nothwendigsten besonders aus, und hat durch seine Vorzüge in den meisten Schulen bereits Eingang gefunden.

Rechenbücher von dem bekannten Pädagogen H. H. Arendt durch alle Buchhandlungen, in Heide bei Pauly, zu erhalten:

1. Kleines Rechenbuch für Mädchen,

zur Erlernung und Uebung des schriftlichen Rechens.
Preis gebunden 12 ß.

Die hier ertheilten, stufenweise geordneten Aufgaben sind für das Mädchen ausreichend und besonders zweckmäßig durch die reichhaltigen Uebungs-Exempel aus dem weiblichen Berufs- und Geschäftskreise.

2. Die Regeldetri in ganzen Zahlen und Brüchen,

für solche Schüler, welche in den 4 Specien bereits geübt sind, und weiter fortgebildet werden sollen. (Als Fortsetzung der „4 Specien" desselben Verfassers) Preis gebunden 12 ß.

Dies kleine Buch soll einen passenden Uebergang machen von den 4 Specien zu einem größern Rechenbuche, und enthält so viel, als im gewöhnlichen Leben erforderlich ist.

3. Erstes Rechenbuch für Knaben,

zur Erlernung und Uebung des schriftlichen Rechnens. Preis gebunden 12 ß.

Hier lehrt der Verfasser nicht nur die 4 Specien, sondern auch die Regeldetri und Bruchrechnung, und geht hierin so weit, als für gewöhnliche Fälle des Lebens hinreichend ist.

Es ist gegenwärtig mein Lager in Galanterie-
waaren, Porcellan-, Crystal- und Glas-
sachen, Spiegeln, engl. Astrallampen u.
s. w. aufs schönste und möglichst vollständig assortirt,
sowie ebenfalls mein Spielwaarenlager eine
ganz besonders hübsche und reichhaltige Auswahl dar-
bietet. Dem geehrten hiesigen wie auswärtigen Publico empfehle ich mich, mit Beziehung auf das nahe
Weihnachtsfest, bestens mit diesen Gegenständen.

Heide, den 26sten November 1836.

H. P. Hoeck.

Ich habe mich in Heide als Advokat niedergelassen,
und logire bei dem Herrn Kirchspielsdeputirten Mül-
ler zu Norden des Markts.

Heide, den 24sten April 1838.

C. Th. With, Adv.

Ich erlaube mir die ergebene Anzeige zu machen, daß ich heute im Hause des Herrn Krönck am Schumacherort meine neueingerichtete, wohlassortirte

Tuch-, Manufactur- & Modewaaren-Handlung

eröffnet habe.

Mein beständiges Streben wird darauf gerichtet seyn, durch strengste Reellität und größte Promptheit mir das Zutrauen des Publikums zu erwerben, und habe ich aus diesem Grunde für meine Waare feste Preise notirt.

Heide, den 25sten Januar 1842.

C. J. Bünsow.

Frische Sämereien

von Gemüsen und Blumenarten in reicher Auswahl, worüber Verzeichnisse abgefordert werden können, sind wieder zu haben beim Herrn Kaufmann Ploehn in Wesselburen und H. Thomsen in Wesseln.

Daß bei uns jetzt, außer Candies und Sirop, auch alle Sorten Hutzucker fertig geworden, bringen wir hiedurch zur allgemeinen Kunde, uns zugleich bestens empfehlend.

Heide, den 13ten März 1842.

D. Horstmann & Comp.

Mit einer reichhaltigen Auswahl der elegantesten Pariser Tapeten, im neusten Geschmack und zu den billigsten Preisen, empfiehlt sich

C. J. Bünsow.

Heide, den 10ten März 1842.

Etablissementsanzeige.

Indem ich dem geehrten Publikum hiermittelst zur Anzeige bringe, daß ich mich hierselbst als Instrumentenmacher etablirt habe, bitte ich, namentlich bei erforderlichen Reparaturen an musikalischen Instrumenten, um geneigten Zuspruch und empfehle mich zugleich zum Stimmen der Fortepiano's.

Meine Wohnung ist bei Herrn J. C. Schulz in der Norderstraße.

Heide, 2. May 1842.

C. Maaß.

Im Laufe nächster Woche werde ich in Heide eintreffen.   Jacoby, Zahnarzt.

Daß die bisher unter untenstehender Firma allhier bestehende Zucker-Raffinaderie von jetzt an für alleinige Rechnung des D. Horstmann hieselbst ihren Fortgang habe, und daß von demselben alle Activa und Passiva (dieses Geschäft betreffend) zur Regulirung übernommen, wird hiedurch zur allgemeinen Kunde gebracht. Heide, den 3ten July 1842.

D. Horstmann & Comp.

Fuhrgelegenheit nach und von Kiel.

Fuhrmann Henschen aus Wöhrden wird, wie im vorigen Jahre so auch diesen Sommer, an dem ersten Tage eines jeden Monats mit Passagieren und Frachtgut von Heide nach Kiel und am Tage nach seiner Ankunft in Kiel wieder von dort nach Heide fahren. Diejenigen, welche mit ihm zu reisen, oder Frachtgut durch ihn zu befördern wünschen, ersucht er, sich in Heide bei Herrn P. Eggers am Markt, in Kiel in der Preetzer Herberge zu melden, und sich prompter und billiger Bedienung versichert zu halten.

☞ !!! Höchst wichtige Gratis-Zeitung !!!

Mit dem 1. October 1842 erscheint in Leipzig gratis:

Allgemeine Intelligenz-Zeitung für Deutschland, (Leipziger Locomotive)

höchst wichtig, interessant und Jedem unentbehrlich! — Man sende schleunigst auf die Post oder in die nächste Buchhandlung, lasse sich die Probenummer davon unentgeltlich holen, und bestelle alsdann eiligst die Zeitung selbst!

Karpfen sind zu kaufen bei

Jürgens in Wesseln.

Dem geehrten Publicum bringe ich hierdurch ergebenst zur Anzeige, daß ich mich hierselbst als Sattler und Tapezierer etablirt habe. Indem ich um gütigen Zuspruch bitte, verspreche ich prompte Bedienung, gute reelle Arbeit und billige Preise. Meine Wohnung ist bei dem Bäckermeister Herrn Christian Peters. Lunden, den 6. Juli 1842.

M. Isaac, Sattler und Tapezierer.

Daß ich mich in Heide domicilirt habe, bringe ich hiemit zur Kunde. Jacoby, Zahnarzt.

Samenpflanzen von Sommerblumen
in 40 bis 50 sehr hübschen, zum Theil neuen Arten, sind, wie früher, wieder zu haben in Wesseln bei
H. Thomsen.

Annonce.

Da meine Frau sich mit dem Reinigen, Plätten und Aufsetzen feiner Wäsche, als Hauben, Kragen, Damenkleider und dergleichen, beschäftigt, so empfiehlt sie sich mit diesen Arbeiten dem geehrten Publico bestens, prompte und reelle Bedienung versprechend.

Heide, den 20. Juni 1843.

C. Nordmann.

Daß ich nunmehr bei der Madame Constabel in der Ziegelstraße wohne, zeige ich meinen Geschäftsfreunden hiedurch an.

Heide, den 19ten Mai 1843.

F. Neuber, Advokat.

Nach Friedrichstadt

fährt Fuhrmann Joh. Kammberg jeden Freitag Morgens um 5 Uhr vom Hause des Gastwirths Herrn P. Eggers am Markt in Heide ab, und kommt Abends zurück. Passagiere, welche mitzufahren wünschen, wollen sich bei Herrn P. Eggers melden, woselbst auch Frachtgüter entgegengenommen werden.

Empfehlung.

Meine Tochter, welche in Hamburg das Putz-machen gründlich erlernt hat, ist von dort soeben zurückgekehrt und empfiehlt sich mit allen in dies Fach einschlagenden Arbeiten dem geschätzten hiesigen und auswärtigen Publicum bestens, indem sie zur gefälligen Ansicht der von ihr bereits verfertigten Gegenstände, als Hüte, Hauben u. s. w., die geehrten Damen gehorsamst einladet. Sie empfiehlt sich ferner mit dem Waschen und Pressen alter Strohhüte, welche sie völlig restaurirt, sowie sie gleichfalls die Wäsche von Hutfedern, weißen Boa's u. s. w mit Vergnügen übernimmt. Gefällige Aufträge wird sie stets prompt und billig auszuführen bemüht, und überhaupt angewandt seyn, sich die Zufriedenheit der sie gütigst besuchenden Damen zu erwerben und zu erhalten.

Mit dem Vorstehenden verbinde ich die Anzeige, daß ich außer meinen bekannten übrigen Artikeln

Electromagnetischer Wagen.

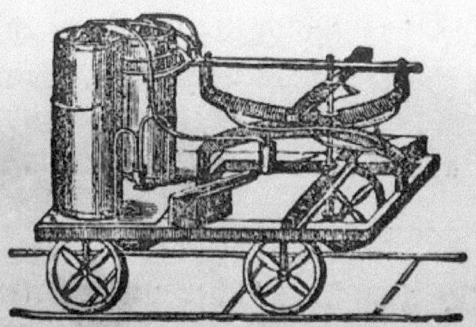

Das Kabinet optischer Täuschungen, Automaten u. s. w.

im Saale des Herrn Schölermann in Heide wird noch bis incl. Sonntag den 27. d. M. zu sehen seyn. Anfag 5 Uhr, Ende gegen 7 Uhr Abends. Sonnabend aber ist der Anfang **2 Uhr Nachmittags.**

Martin und Bourquin,
Optiker und Mechaniker aus Amsterdam.

Das Badehaus am Wöhrdener Hafen
kann von jetzt an täglich zur Fluthzeit benutzt wer=
den, wozu Billette bei dem Gastwirth R. Knep=
pel daselbst zu lösen sind.

Eine soeben empfangene Auswahl neuer Sticke=
reien, Drathgestelle, Stickmuster, gekleideter Pup=
pen, Gliederpuppen, Nähseide, Näh= und Steck=
nadeln, Zwirn, seidener, wollener und baumwolle=
ner Litzen u. s. w. erlaube ich mir bestens zu em=
pfehlen, so wie
    auf eine Parthie Stickwolle, Perlen, Hä=
    ckel= und Flogseide, Chenille, Stramey, baum=
    wollener Spitzen, seidener Bänder. baumwol=
    lener Handschuhe u. s. w.
aufmerksam zu machen, welche ich, zufälligen billi=
geren Einkaufs wegen, zu wohlfeilen Preisen ab=
lassen kann.   Heide, Octbr. 1843.
        Louise Timmermann,
    wohnhaft im Hause des Herrn Jebens
        in der Süderstraße.

Tanz-Unterricht.

Mit Ende dieser Woche beschließe ich die erste Hälfte meines Tanz-Cursus, wenn daher Knaben und Mädchen, die schon früher Tanz-Unterricht gehabt haben, noch an der letzten Hälfte Antheil nehmen wollen, so bitte ich die betreffenden Anmeldungen an mich gelangen zu lassen. Das Honorar für den halben Cursus (24 Stunden) beträgt 1 Rb. Sp.

Heide, den 25. Mai 1849.

A. Keßler.

Daguerotyp-Portraits,

sowohl in Schwarz als colorirt, werden auf Verlangen täglich zu den Preisen von 4 mß, 6 mß, 8 mß und 10 mß in dem Hause des Unterzeichneten hergestellt. Heide, den 14. Nov. 1843

Reimers, Maler am Landwege.

Zur Anfertigung der verschiedenen Posamentirarbeiten, als Agrements, Quäste, Schnüren, Litzen u. s. w., sowohl in Seide als in Wolle, erlaube ich mir den geehrten Damen mich bestens zu empfehlen.

Heide, den 7. Novbr. 1843.

Mariane Münster.

☞ Laden-Eröffnung. ☞

Daß ich heute meine in dem Köster'schen Hause in der Oesterstraße neu etablirte

Handlung

mit

Kurzen Eisen- und Galanteriewaaren, Porcellan, Glas- und Steinzeug, Nürnberger Spielsachen und Gewürzwaaren

eröffnet habe, zeige ich einem geehrten hiesigen und auswärtigen Publicum hiedurch ergebenst an, mit der Versicherung, daß es stets mein eifrigstes Bestreben sein soll, durch gute Waare, billige und reelle Bedienung, mir das Zutrauen eines geehrten Publicums zu erwerben und zu erhalten.

Heide, den 6. Juli 1849.   Chr. Hansen.

Zu Weihnachtsgeschenken geeignete Schriften

sind, wie gewöhnlich, in großer Mannigfaltigkeit vorräthig und werden Parthien zur Auswahl, mit Vergnügen verabfolgt.

Heide, den 29. Novbr. 1849.   F. Pauly.

Anzeige.

Ich erlaube mir dem geehrten Publicum hiedurch die Anzeige zu machen, daß ich mich hieselbst als Gesang= und Musiklehrer niedergelassen habe, und daß ich namentlich auf dem Fortepiano, der Violine und Flöte Unterricht ertheile, zunächst auch beabsichtige eine Kinder=Gesangschule zu errichten, in welcher letzteren Beziehung ich durch einen in Circulation zu setzenden Prospectus das Nähere mittheilen werde.

Mit dem Stimmen der Fortepianos werde ich mich ebenfalls gerne befassen.

Heide, den 24. October 1849.

Heinrich Nielsen, Musiklehrer,
wohnhaft in dem Nebenhause des Herrn Brauer Albers
in der Süderstraße.

Tanzunterrichts-Anzeige.

Den geehrten Gönnern die ergebenste Anzeige, daß ich beabsichtige einen Cursus von 50 Stunden Unterricht im Tanzen zu ertheilen und zwar vom 22. d. M. an im Locale des Herrn Gastwirths Schölermann. Ich erlaube mir daher, Eltern welche mir ihre Kinder anvertrauen wollen, sowie auch Erwachsene, welche Antheil an den Unterricht zu nehmen wünschen, zu ersuchen, sich gefälligst bald an mich oder Herrn Schölermann wenden zu wollen, um das Nähere zu erfahren.

Mein Logis ist beim Kaufmann und Chocolade-Fabrikanten Herrn P. Meier. Es bittet um zahlreichen Zuspruch

Heide, im Januar 1852.

ganz ergebenst

F. Arendt.
Tanzlehrer.

W. O. Schneegaſs,
Conditor in Meldorf,

beehrt ſich hierdurch dem geehrten Publikum die An=
zeige zu machen, daß derſelbe am Sonnabend hier
auf dem Markt ausſtehen wird.

Die Güte und Preiswürdigkeit der Waaren iſt
ganz dieſelbe wie bei meinem verſtorbenen Herrn
Schwiegervater J. D. Mohr in Itzehoe, deſſen Ge=
ſchäft ich in 3½ Jahren vorſtand, und durch freund=
ſchaftliche Uebereinkunft führe ich die Firma J. D.
Mohr in Itzehoe fort, woran meine Bude kennt=
lich; dieſelbe befindet ſich auf den früher bekannten
Platze vis a vis der Kirche, in der Allee, Weſterſeite.

Stahlfedern

ſind in reichhaltiger Auswahl und zu verſchiedenen
Preiſen bei mir zu haben.

Heide, Octbr. 1850.

F. Pauly.

153

Advocat W. Rolfs

wohnt
zu Osten am Markt im Hause des Kornhändlers
Herrn H. Köster.

Heide, den 1. September 1857.

Ich bringe hiermit zur Anzeige, daß ich mich am
hiesigen Ort als Advokat niedergelassen habe, und
vorläufig bei dem Herrn Lafrenz an der Süderstraße, von Neujahr an bei dem Landschreiberei-Ge-
vollmächtigten Herrn Paulsen wohnen werde.

Heide, den 15. December 1857.

J. D. Schlüter.

Unterzeichneter sieht sich veranlaßt hiedurch auch
öffentlich zu erklären, daß er in Entbindungs-
fällen seine ärztliche Hülfe ablehnen muß.

Heide, den 11. November 1850.　　　Spies, Dr.

154

Bank-Filiale in Heide

bei

J. H. Viedahl.

Unterzeichneter empfiehlt sich für Heide und Umgegend, unter Assistirung respectabler Banquierhäuser, gegen Provision zur Betreibung regulairer Banquiergeschäfte, als An= und Verkauf von soliden Staatspapieren und Actien, Discontiren und Negociren von Wechseln, Belehnung von Werthpapieren, An= und Verkauf von Contanten.

Die Bank=Filiale nimmt verzinsliche Darlehen entgegen und eröffnet Jedem, der darauf anträgt, ein Conto in ihren Büchern, auf dem ein= und ausgehende Gelder zu= und abgeschrieben werden.

Heide, ult. Decbr. 1865.

J. H. Viedahl.

Mein bequemer, für Passagiere eingerichteter Omnibus fährt vom 15. b. M. an, jeden Dienstag und Freitag, Morgens 7 Uhr, von Marne nach Brunsbütteler Hafen, zum Anschluß an das Dampfschiff „Concordia," nach Ankunft des Dampschiffes „Patriot" (von Hamburg) retour über Marne, Meldorf nach Heide woselbst ich bei dem Herrn G. Gilian am Markt logiren werde; von Heide aus fahre ich jeden Mittwoch und Sonnabend, Morgens präcise 4 Uhr, von Meldorf in der Holländerei präcise 6 Uhr, nach Brunsbütteler Hafen, zum Anschluß an das Dampschiff „Patriot." Jeglicher Auftrag und die Beförderung kleiner Güter wird auf das Pünktlichste ausgeführt.

Marne, den 9. Mai 1868.

G. Rommel.

Staunen auch Sie über die Bezeichnung
dieser Reisemöglichkeit?

Omnibus (lateinisch) heißt: für alle

Diese große Kutsche hatte eine besonders
gute Federung, so dass das Reisen etwas
bequemer wurde.
Sie bot 10 bis 20 Passagieren Platz.
Dass in dieser Annonce ein Omnibus
abgebildet wurde, gibt uns die Möglichkeit,
dieses Gefährt zu betrachten.

Ich erlaube mir ein geehrtes Publikum Heide's und der Umgebung die Anzeige zu machen, daß, da ich schon etliche Jahre die Herren=, Damen= und Hausstand=Wäscherei in Harburg betrieben, dieselbe nun auch hierorts fortzusetzen gemeint bin. Ich verspreche reelle Bedienung und bitte um gütigen Zuspruch.

Meine Wohnung ist bei Herrn C. Olde in der Mühlenstraße.   W. Hildebrandt.

FAMILIENANZEIGEN
●●●●●●●●●●●●●●●●●●●●●●

...wurden sehr selten aufgegeben.

Einladungen zu Geburt, Taufe, Verlobung und Hochzeit wurden persönlich oder durch Einladungskarten mitgeteilt.

Für eine anstehende Beerdigung gab es den „Leichenbitter".

Er war schwarz gekleidet und trug einen Trauerflor an einem Stock mit sich. Er teilte in den entsprechenden Häusern das Ableben eines ihnen bekannten Menschen mit. Auch wann die Beerdigung stattfand und wo die Kaffeetafel abgehalten werden sollte, erfuhren die Betroffenen durch den „Leichenbitter".

✝

Der 28ste Januar d. J., der Tag der Landesfreude, war für mich ein Tag der Wehmuth und der tiefsten Trauer. Abends 7½ Uhr starb im 54sten Lebensjahre meine liebe Frau Anna Friederica geb. Reimers am Schlagfluß! Wir lebten reichlich 26 Jahr in einer glücklichen Ehe. Nur wer die Gute genau kannte, kann einigermaaßen meinen Schmerz begreifen. Heide, den 10ten Februar 1834.

Fried. Wilh. Peters.

Die am gestrigen Tage erfolgte, Gott Lob! glückliche Entbindung meiner lieben Frau, von einem gesunden Knaben, verfehle ich nicht Freunden und Bekannten hiedurch anzuzeigen.

Heide, den 7ten May 1834.

F. Pauly.

✝

Heinrich Christian Dührsen, Dr. der Heil=
kunde und practischer Arzt in Meldorf, ist uns am
4ten d. M. Morgens 4 Uhr im blühenden Alter von
39 Jahren unerwartet durch den Tod, den er sich in
seinem Berufe zugezogen, am Nervenfieber entrissen
und seine Mitärzte haben einen wackern Freund, seine
Kranken einen treuen Helfer, das Vaterland einen
Kämpen für Wahrheit und Recht verloren. Wohl
trauert die Gattinn mit ihren vier Kindern, wohl
mögen Thränen des Kummers weinen seine Brüder,
seine Freunde, deren er viele gehabt hat, weinen alle
die ihn liebten und ehrten als Arzt und als Mensch,
aber es weinen nicht die allein, denen er näher ange=
hörte, es trauert Dithmarschen um ihn, der, ein
Führer des Volks zum Guten und Wahren, die Fra=
gen der Zeit begriffen hatte und festhielt an alt=diths=
marsischer Treue und in der unglücksschwangeren Zeit
die Worte Dahlmanns in sein Herz gegraben hatte:
Dieß ist unser, so laß uns sagen und so es behaupten.
Friede sey mit seiner Asche!

Heide.

Eine goldene Hochzeit wird am nächsten Sonntage, und zwar von dem Senior der Heider Schneiderzunft, dem alten **Timm** und seiner ehrwürdigen Hausfrau begangen und ihr alter Bund durch feierliche Einsegnung in der Kirche erneuert werden.

Wir wünschen, daß ein so seltenes Fest in unserer Mitte nicht unbemerkt vorübergehe, und haben Denjenigen welche als erfreuende Gratulanten bei demselben auftreten möchten, sagen wollen, daß seit Jahren die alten Leute in einem der Brand'schen Häuser in der Peststraße wohnen.

Für die besondere Fürsorge und thätige Hülfe, welche die geehrten Einwohner Heides mir und meinen verstorbenen Kindern haben wiederfahren lassen, sage ich Denselben hiemit meinen innigsten Dank.

Heide, den 4. Mai 1852.

C. Kleist.
Pensionist.

Todes-Anzeige.

Es hat Gott gefallen, unsern lieben Bruder, den Apotheker und technischen Chemiker **Chr. Leop. Ferdinand Jahn** aus Dessau, früher zu Tellingstedt in Holstein, seit Kurzem zu Panama in den Vereinigten Staaten von Columbia in Amerika — nachdem derselbe dort am 28. December 1868 am gelben Fieber erkrankt war, am 3. Januar 1869 im Alter von 31 Jahren von der Erde abzurufen.

Allen Freunden und Bekannten des Entschlafenen diese Trauernachricht statt besonderer Meldung.

Dessau — Niederlepte — Jessnitz — Magdeburg — Zerbst — Pest — Waldhausen und Berlin im Februar 1869.

Die Familie Jahn.

Geſtern Nachmittag 4 Uhr entſchlief zum beſſern Erwachen unſer kleiner Ernſt in dem Alter von reichlich 10 Monaten. Theilnehmenden Freunden dieſe Traueranzeige.

Heide, den 2. Novbr. 1866.

Wiencke und Frau.

Dithmarscher Blätter.

Abonnementspreis:
vierteljährlich 12 Sgr.

№ 1303.

Insertionspreis:
a Zeile 1 Groschen.

Sonnabend,

27. December 1873.

Unter Verantwortlichkeit des Verlegers.

Als für Schleswig-Holstein die Preußische Preßgesetzgebung maßgebend wurde, hatte der Unterzeichnete bereits länger als 35 Jahre, und zwar unter wechselndem Regiment, die Dithmarscher Zeitung wie diese Blätter herausgegeben, ohne je gegen staatliche Vorschriften zu verstoßen und mochte, in solchem Bewußtsein, sich nicht dazu verstehen, durch Hinterlegung einer Geldsumme sich die Freiheit der Bewegung zu bewahren, also für ferneres Wohlverhalten eine Bürgschaft zu bestellen. Er zog es vor, den Inhalt seines Blattes auf dasjenige Maß zu beschränken, welches für cautionsfreie Blätter gegeben ist, in der Erwartung, daß in nicht zu ferner Zeit auf dem Wege der Gesetzgebung mildere Bestimmungen eintreten und die Schranken fallen würden, welche die Freiheit der Presse einengen. — Die im Laufe der Jahre in dieser Richtung angestrengten Versuche haben das erhoffte Ziel nicht erreicht; diese Erfahrung und der Zweifel, daß es in naher Zeit gelingen werde, es zu erreichen, veranlassen den Unterzeichneten mit der heutigen Nummer, jedenfalls vorläufig, die Herausgabe dieser Blätter zu schließen und es von den Verhältnissen abhängig zu machen, wann und wie sie wieder erscheinen werden.

F. Pauly.

Schlussbemerkung F. Pauly

Als für Schleswig-Holstein die Preußische Preßgesetzgebung
maaßgebend wurde, hatte der unterzeichnete bereits länger
als 35 Jahre, und zwar unter wechselndem Regiment,
die Dithmarscher Zeitung, wie diese Blätter herausgegeben,
ohne je gegen staatliche Vorschriften zu verstoßen und mochte,
in solchem Bewußtsein, sich nicht dazu verstehen, durch
Hinterlegung einer Geldsumme, sich die Freiheit der Bewegung
sich bewahren, also für ferneres Wohlverhalten, eine Bürgschaft
zu bestellen.

Er zog es vor, den Inhalt seines Blattes auf dasjenige Maaß zu
beschränken, welches für cautionsfreie Blätter gegeben ist, in der
Erwartung, dass in nicht zu ferner Zeit auf dem Wege der Gesetzgebung mildere Bestimmungen eintreten und die Schranken fallen
würden, welche die Freiheit der Presse einengen.

- Die im Laufe der Jahre in dieser Richtung angestrengten
Versuche haben das erhoffte Ziel nicht erreicht; diese Erfahrung
und der Zweifel, daß es in naher Zeit gelingen werde,
es zu erreichen, veranlassen den Unterzeichneten, mit der
heutgen Nummer, jedenfalls vorläufig, die Herausgabe dieser
Blätter zu schließen, und es von den Verhältnissen abhängig zu
machen, wann und wie sie wieder erscheinen werden.

F. Pauly

DANKE sage ich gerne.

Herrn Karsten Schrum,
Leiter des Gemeinschaftsarchiv des Kreises Dithmarschen
und des Amtes Mitteldithmarschen,
danke ich für die Genehmigung, die Annoncen der
Dithmarscher Blätter zu veröffentlichen.

Ganz herzlich danke ich der Grafikerin Bergith Lassen.
Mit viel Geduld und professionellem Können hat sie die
Gestaltung des Umschlages übernommen.
Auch die Annoncen wurden von ihr überarbeitet, so dass sie sehr
gut lesbar in diesem Buch gedruckt werden konnten.

Es ist schön, Menschen an der Seite zu haben, die gerne
und bedingungslos helfen.

Meine bisherigen Veröffentlichungen im Bezug zu Heide sind:

Der besondere Heider Friedhof   ISBN 978-3-8423-8276-3
Es zeigt die Entstehungsgeschichte des Züthpenfriedhofes,
reich bebildert.

Schurersblut – Ein Dieb mit Herz   ISBN 978-3-7392-3389-5
Heide zu Beginn des 19. Jahrhunderts.
Schicksal eines liebenswerten Diebes.

Spuren der Dichterin Sophie   ISBN 978-3-7357-6288-7
Die Aufarbeitung des Lebensweges der 1809 in Heide geborenen
Dichterin Sophie Dethleffs in Romanform.

Geschichte(n) der „Blunck-Colonie"   ISBN 978-3-7448-4901-2
und des Tivoli Aufarbeitung der ältesten Colonie in Heide.
In Zusammenarbeit mit Horst Peters

Wir waren Kinder in Heide   ISBN 978-3-7528-5462-6
Fotochronik 1900 - 1959

Wir waren Kinder in Heide   ISBN 978-3-7412-41369
Fotochronik Band 2

Weitere Veröffentlichungen :

Schatten über Schloss Allstedt   ISBN 978-3-7386-5540-7
Historischer Roman

Feuerhaar   ISBN 978-3-8423-3015-3
Historischer Roman